Beth Greene

L'éveil de la sorcière - 3

Les Rites Jumeaux

ISBN : 9782322251902

Dépôt légal : novembre 2020

PROLOGUE

La jeune fille hurle. Les aiguilles de la vieille femme lui mordent le dos. La douleur est insupportable. Depuis combien de temps est-elle allongée sur cette table inconfortable ? Deux heures, trois, peut-être plus… Elle sait qu'elle devra serrer les dents encore un moment. Mais parfois, elle craque et crie. Les larmes inondent ses joues et ses boucles noires lui collent au front. La femme opère en silence dans la salle éclairée de dizaines de bougies. De temps en temps la jeune fille entend venir celle qui a ordonné ce supplice. Elle sent sa présence envahir la pièce, une main caresser son dos, délicatement. Puis elle repart, sans un mot. Point par point, on encre la peau de la fille. Le corps déformé de la vieille est penché sur la table depuis des heures, ses yeux sont aveugles mais elle n'a pas besoin de voir, elle connaît le tracé par cœur. Le dessin se révèle au fur et à mesure sous sa main experte. Un enchevêtrement de ronces, ici une lune inversée, là un signe cabalistique, puis un pentacle… Cette peau est une page blanche sur laquelle elle a tout le loisir de s'exprimer. Sa main ne tremble pas, n'hésite jamais. La toile est parfaite. A elle de se montrer à la hauteur de la tâche qui lui a été confiée par sa maîtresse. La fille ne bouge pas. Elle entend ses sanglots et ses cris mais la petite endure la souffrance qu'elle lui cause. Sa peau saigne très peu et l'encre magique pénètre facilement. Un bon présage. Preuve que sa maîtresse a choisi la bonne personne. Il lui faudra encore deux heures de travail avant de lever définitivement la main.

Le calvaire est enfin terminé. La jeune fille ouvre les yeux. Son dos la brûle mais elle accueille cette douleur avec soulagement. Près d'elle, la femme aveugle range son matériel. Le silence est pesant. La fille s'assoit, essuie ses larmes et soupire. La vieille s'approche d'elle, ses vieux doigts crochus effleurent son visage et sa bouche sans dent s'ouvre sur un rictus. Ses yeux blancs plongent dans les siens. Le moment semble suspendu puis la tension retombe et la femme quitte la pièce. La fille se retrouve seule. Elle est vêtue d'un pantalon de toile blanche et frissonne. Ses pieds nus touchent la pierre froide du sol, elle attrape sa tunique et l'enfile avec précaution. Soudain, la tête lui tourne, elle manque de tomber mais se rattrape à la table. Elle souffle, s'assoit par terre et calme sa respiration. Les minutes passent, le vertige s'estompe. Elle ne peut empêcher ses mains de palper son dos, s'attendant à ressentir le relief de son tatouage mais la peau est lisse. La brûlure a disparu. Elle se relève et s'apprête à quitter la pièce quand la porte s'ouvre. Deux prêtresses encapuchonnées font leur apparition. De leurs toges bordeaux dépassent de longues griffes. Mentalement elles lui demandent si elle peut marcher. La fille acquiesce.

Elles parcourent toutes trois un long couloir sombre éclairé de candélabres puis débouchent sur une grande pièce décorée d'or et de bronze. La jeune fille laisse les deux prêtresses pour se diriger vers une porte finement ouvragée. De l'autre côté, dans une petite pièce envahie de milliers de fleurs, sa maîtresse l'attend. Ambrosia est là, occupée à humer des roses aux couleurs impossibles. Elle est vêtue d'une robe blanche aux longues manches. Sa taille trop fine et son cou trop grand la font paraître immense et majestueuse. Ses cheveux blonds touchent terre. Son visage respire la sérénité mais également une certaine fermeté. La jeune fille s'avance vers elle. Ambrosia lui fait signe de se tourner et soulève sa tunique.

— Te voilà marquée ma fille. Xenadia a bien travaillé… dit-elle satisfaite. Mais tu ne mérites pas encore le titre de sorcière. Il te faut attendre la prochaine pleine lune.

— Que se passera-t-il alors ?

— Nous t'introniserons.

— J'ai hâte…

— Nous avons toutes hâte, Johanna.

CHAPITRE 1

Sonia regardait distraitement le café refroidir dans sa tasse. Elle se mit à le remuer machinalement de sa main droite toujours gantée. Dehors la pluie tombait sur Paris. Assise en face d'elle, Alicia Herbert ne disait pas un mot et buvait un thé à petites gorgées. Près d'elle, sur le canapé, Jean restait également silencieux. Ils avaient discuté à bâtons rompus de tout et de rien pendant une heure ou deux et puis chacun était revenu à la réalité. Sonia détestait particulièrement ces moments-là, à la fin d'une discussion ou quand une consultation se terminait, cette impression de se réveiller d'un rêve pour plonger dans un cauchemar. Johanna était partie avec la Déesse Hibou depuis six mois. Six mois qui paraissaient des années. Lourdes à porter. Bien sûr l'enquête officielle n'avançait pas et ceux qui connaissaient la vérité ne variaient pas leur fausse version. Six mois pendant lesquels Sonia avait pleuré toutes les larmes de son corps, avait crié, hurlé son désespoir dans la chambre vide de sa fille.

Ce samedi, dans l'appartement d'Alicia, elle aurait voulu mettre des mots sur ce qu'elle ressentait, expliquer sa douleur, sa culpabilité mais elle n'y arrivait pas. Elle avait une boule dans la gorge. Face à elle, Alicia avait perdu de sa superbe. Elle avait l'air d'avoir pris dix ans. Sa peau était terne et tâchée, des rides s'accentuaient au coin de ses yeux. Elle allait voir Nathalie chaque jour à la clinique et l'état de sa femme ne s'arrangeait pas. L'ancienne sorcière était une coquille vide qui ne reconnaissait personne, se faisait nourrir et parlait parfois de manière incohérente. A cette pensée, Sonia serra les dents. La cruauté d'Ambrosia avait été sans limites. Elle aurait pu tuer Nathalie mais avait préféré la rendre folle et à la charge d'Alicia. Ce n'était qu'un avertissement. Et qu'allait-elle faire de Johanna ? Pourquoi l'avait-elle prise ? Sonia soupira.

— Qu'est-ce qu'il y a ? demanda Jean en posant sa main sur son poignet.

— Rien, rien de plus… Que veux-tu que je te dise ?

— Je ne sais pas. Tu ne dis pas grand-chose, justement. J'aimerais que tu arrives à parler. Que tu nous dises ce que tu ressens, ce que tu penses. Je suis là. Alicia est là aussi…

— Elle me manque tellement, lâcha Sonia dans un sanglot. Tellement…

— Moi aussi, ma chérie, moi aussi, dit Jean en la prenant dans ses bras.

Alicia quitta la pièce. Les deux amis l'entendirent se moucher dans la cuisine. Il était impensable qu'elle leur montre ses larmes. Elle revint quelques minutes plus tard, les yeux rougis.

— Sonia, cela fait des mois que nous évitons d'avoir cette conversation. Mais il faudra bien que nous affrontions la situation. On tourne autour du pot, on s'évite, on parle de la pluie et du beau temps… Mais nous n'avançons à rien. L'état de Nathalie ne varie pas, Johanna reste introuvable. Il faut réagir. Je sais que c'est dur, que ça vous paraît impossible mais il va falloir vous ouvrir à nous.

— Je ne sais pas ce que je dois faire, répondit Sonia. Je suis complètement perdue !

— Votre fille est partie de son plein gré et…

— Elle a été piégée ! Jamais elle ne serait partie ainsi. C'est à cause de son pouvoir, de ses sorts… Elle a tout fait pour attirer Johanna et l'enlever ! Comment une petite fille aurait pu résister à cette force ?

— Il faut nous demander pourquoi Ambrosia a besoin d'elle. Il est temps que je travaille, que je me mette en quête d'informations. J'ai trop attendu…

— C'est normal, ne te blâme pas, intervint Jean. Avec Nathalie…

— Nathalie aurait voulu que je me mette au travail immédiatement. Elle aimait beaucoup cette petite. Elle disait qu'elle avait un pouvoir incroyable. C'est sans aucun doute pour ça qu'Ambrosia l'a prise. Pour en faire une apprentie ? Je ne la vois pas préparer sa succession, il est encore bien trop tôt. Elle amasse encore du pouvoir… J'ai délaissé mes recherches pendant trop longtemps, je vais m'y remettre au plus vite.

— Et pour Nathalie, que comptes-tu faire ? demanda Sonia.

Alicia lui jeta un regard nerveux.

— C'est mon affaire.

— Non, c'est notre affaire. Il faut nous unir, dit Jean. C'est Ambrosia qui a enlevé Johanna, c'est Ambrosia qui a… qui a fait ça à Nathalie. Nous avons un ennemi commun, on doit rester soudés! Les deux femmes se turent. Jean avait raison mais comment rejoindre leurs intérêts communs? Il était question de magie or ni l'une ni l'autre n'en possédait l'art. Il leur fallait trouver un autre allié, et rapidement.

A l'heure de rejoindre Aurac, Sonia étreignit Jean sur le quai de la gare. Il lui manquait beaucoup, surtout en ces funestes circonstances. Bien sûr, elle pouvait compter sur le soutien de Damien, mais leur amitié venait juste de naître. Sonia se rendait compte de la place qu'avait pris Jean dans sa vie. Cet imbécile comptait énormément pour elle et elle avait maintenant peur de le perdre.

CHAPITRE 2

Sonia écrasa sa cigarette et mit le mégot dans un cendrier de poche. Quand elle releva les yeux, elle croisa le regard pâle de Charlotte Lesage. Ses cheveux roux coupés très courts étaient humides. Sa collègue psychologue la salua et se faufila dans l'immeuble. Sonia la suivit.

— Alors ces longueurs ?

— Oh, comme d'habitude. Tranquille. Le matin c'est toujours calme. Tu pourrais m'accompagner de temps en temps, ça fait le plus grand bien avant d'attaquer la journée.

— Beaucoup de rendez-vous aujourd'hui ?

— Journée pleine, comme d'habitude. J'ai pas mal d'appels en ce moment pour des séances d'hypnose. Arrêt du tabac.

— T'es d'une subtilité, lança Sonia.

— Je ne cesserai jamais de le répéter, Sonia, en tant qu'ancienne fumeuse, je certifie que l'hypnose fonctionne.

— Merci mais je n'ai aucune envie d'arrêter, surtout en ce moment.

— Excuse-moi, se reprit Charlotte. Tu me connais, je suis maladroite…

Les deux femmes arrivèrent à leur étage et entrèrent dans le cabinet. Il était 8h30. Elles étaient encore seules et se servirent des cafés bien forts. Premiers rendez-vous à 9h pour toutes les deux. Sonia avait pris un arrêt de trois semaines après la disparition de sa fille puis s'était remis au travail d'arrache-pied. Elle devait garder son esprit occupé sinon elle devenait folle. La psychologue avait l'impression depuis plusieurs mois d'attirer de plus en plus de patients convaincus d'avoir vécu des expériences paranormales. Même ceux de longue date commençaient à lui en raconter de belles… Sonia pensa à Marion Delgado. La pauvre fille était en prison en attendant son procès qui ne surviendrait pas avant plusieurs mois. Elle était allée la voir une fois. Son avocate se battait pour la sortir de là et la placer dans un institut psychiatrique. Sonia l'appuyait dans cette démarche mais en vain. Marion était considérée comme une meurtrière qui n'avait pas supporté le retour de son père. Dans l'opinion, ça n'allait pas plus loin. La psychologue était triste et en colère car elle connaissait la vérité. Elle avait gardé avec elle quelques pages que Paul Delgado avait écrites, décrivant le Pays de l'Autre Côté, Ins Gehaïth.

— Sonia ? Sonia ?

La voix de Charlotte la tira de ses rêveries.

— Excuse-moi, j'étais partie loin…

— Oui, j'ai vu ça. Il est moins le quart, je te laisse.

— Oh, j'allais y aller de toute façon.

Sonia pénétra dans son bureau. Elle alluma son vieil ordinateur qui continuait à la servir avec courage alors qu'elle menaçait chaque jour de le mettre au rebut. Jetant un œil à son agenda, elle soupira. Journée remplie. Une heure pour déjeuner. Dernier rendez-vous à 19h. Sonia attacha ses cheveux en queue de cheval et reprit les notes concernant son premier patient. Un quarantenaire qu'elle voyait depuis deux ans suite à un burn out. Depuis trois séances, il lui parlait de rêves étranges, de mers lointaines, de créatures fantastiques... Cela ne lui ressemblait pas du tout. Il arriva avec dix minutes de retard, les yeux cernés par le manque de sommeil. Encore une fois, il tint à lui raconter ses nuits agitées. Il dormait maintenant sur le canapé car il bougeait trop et réveillait sa femme au milieu de la nuit. Il fut question d'océans profonds, d'échos indicibles, de choses mi-hommes mi-poissons qui vécurent bien avant les grands singes... Plus il en parlait, plus il transpirait et tremblait. La main droite de Sonia se mit à la démanger. La séance fut éprouvante pour lui comme pour elle. Elle le laissa repartir trois quarts d'heure plus tard, épuisé. Sonia, inquiète, le regarda parcourir le couloir en tanguant légèrement, jusqu'à la porte du cabinet. Elle rentra dans la pièce pour préparer son second rendez-vous. Une nouvelle patiente.

Une jeune femme ronde et vêtue de noir à la mode gothique fit son entrée. Ses cheveux blonds coiffés en tresse lui tombaient dans le bas du dos. Elle n'avait pas plus de vingt ans. Après les présentations d'usage, Sonia lui demanda pourquoi elle avait senti le besoin de voir une psychologue. La jeune femme qui s'appelait Rose parlait d'une voix de gorge profonde. Elle raconta à Sonia qu'elle faisait partie d'un club de chercheurs en paranormal. Avec trois amis, ils faisaient de l'exploration urbaine dans des endroits dits hantés, venaient en aide aux personnes qui les appelaient… Ils couvraient toute la région. Elle croyait plus que tout au paranormal mais avoua n'avoir jamais rencontré de cas probant ni avoir filmé de preuve convaincante. Jusqu'à six mois auparavant.

— Nous sommes allés dans une vieille maison abandonnée dans les quartiers sud. Un petit pavillon à la con… Mais selon les rumeurs et nos sources, il y a eu un meurtre il y a quelques années. L'affaire Marlaud. Je sais pas si vous connaissez ? C'est un mec qui a buté sa femme et qui a plaidé la folie. Il s'est suicidé en prison. Bref. Avec les copains on a pris le matos et on est allé là-bas. De nuit évidemment. Déjà, il y avait une ambiance horrible dans la maison. C'était oppressant. J'avais l'impression de ne pas pouvoir respirer. On a fait quelques expériences : enregistrement de voix, caméra infrarouge… Mais ça ne donnait rien. Et à l'étage, c'est parti en live. On a tous entendu des soupirs, comme venir de partout à la fois. Et c'est comme si les murs bougeaient dans la pénombre, comme s'ils étaient plus noirs que la nuit même. Et puis il y a eu les silhouettes. Partout. Autour de nous. Alors là on est tous partis en courant. Depuis, je ne dors plus très bien. Je laisse la lumière allumée. On a rien pu filmer ou photographier mais on a tous vu et entendu. Je mens pas. Mais ça me hante et je deviens folle.

Sonia écouta attentivement Rose. Et espéra que son prochain patient serait plus terre à terre. Il y avait bien assez d'extraordinaire dans sa propre vie.

CHAPITRE 3

Allongée dans le bassin d'eau chaude, Johanna contemplait son nouveau corps. Sous elle, le sable était fin et doux ; l'eau transparente était à température idéale. Elle regardait ses longues jambes, les poils de son pubis et ses seins naissants. Sa transformation l'avait d'abord choquée mais plus le temps passait, plus elle se surprenait à aimer ses nouvelles formes. La douleur des premiers jours n'était plus qu'un lointain souvenir, tout comme la souffrance de son tatouage dans le dos. C'était un des prix à payer pour développer ses pouvoirs et devenir une véritable sorcière, un vieillissement prématuré, la faisant passer de cinq à quinze ans. Mais Ambrosia l'avait rassurée, elle allait maintenant continuer sa croissance normalement et plus tard, quand elle aurait assez de pouvoirs, elle pourrait même arrêter de vieillir. La jeunesse éternelle. Voilà ce que lui promettait entre autres sa nouvelle mentor.

Près du bassin se tenaient deux prêtresses, debout et silencieuses. Johanna n'avait pas le droit d'être seule. Jamais. Emmitouflée dans de longues capes rouges, ces créatures ne montraient pas leurs corps impies. Tant mieux. Johanna ne les aimait pas. Elle les trouvait trop disgracieux avec leurs longues griffes et leurs sabots. La jeune fille avait interrogé Ambrosia au sujet de leur continuelle présence mais la sorcière avait éludé la question. Johanna s'enfonça un peu plus dans l'eau. Elle avait parfois peur qu'on lise dans ses pensées. Finalement elle plongea toute entière. Enfin, là, elle se sentait libre d'être elle-même, sans surveillance. Elle retint sa respiration autant qu'elle le put. Quand elle émergea, une des prêtresses lui tendait un grand linge blanc. Il était temps de sortir, puis d'aller manger, seule et enfin de regagner sa chambre pour la nuit.

La nuit… Quelle heure pouvait-il être ? Il n'y avait pas d'horloge dans cet endroit. Ni aucune fenêtre. Le temps s'écoulait-il vraiment ? C'était l'un des nombreux secrets d'Ambrosia qu'elle percerait un jour. Mais pour l'heure, il était temps d'obéir. Johanna ne dérogeait jamais à aucune règle. Elle craignait bien trop sa maîtresse. Ses immenses pouvoirs étaient une menace qui n'était pas à prendre à la légère. Et puis, Johanna ne voulait pas la décevoir. La jeune fille regrettait parfois l'époque où elle n'était qu'une enfant, apprenant à maîtriser des dons extraordinaires en compagnie d'une autre fille aux longs cheveux bleus. Mais Ambrosia n'avait plus besoin de Demetra, celle-ci avait disparu. Parfois, elle repensait à sa vie sur Terre, à ce qu'elle avait laissé là-bas, à sa mère, à Jean, à Nathalie, à son chat. Mais si elle se noyait dans ses souvenirs, un mal de tête incroyable la prenait. Elle avait donc appris à se remémorer ces moments avec parcimonie. Un petit peu, de temps en temps. Préférait-elle sa nouvelle vie ?

Assurément. Avec l'arrogance de ses quinze ans, elle estimait avoir choisi par elle-même sa voie : elle ne raisonnait plus comme une fille de cinq ans.

Les prêtresses l'enveloppèrent dans le linge propre et la laissèrent se sécher et s'habiller. Johanna passa une robe de lin blanc, enfila des sandales de cuir et attacha ses longs cheveux bruns et bouclés en queue de cheval. Elle fut conduite dans les cuisines où un repas lui fut servi. Elle mangea rapidement et en silence sous le regard de ses chaperonnes. Enfin, l'adolescente put rejoindre sa chambre. Là encore, une prêtresse restait avec elle et la surveillait toute la nuit. Avant de dormir, Johanna s'installa à son bureau et se mit à la lecture. Des traités de sorcellerie, des grimoires, des essais en démonologie… Chaque jour, de nouveaux ouvrages étaient déposés dans sa chambre et elle les lisait consciencieusement. Elle apprenait ainsi nombre de recettes et de sorts, le nom d'entités indicibles... mais rien ne valait ses séances avec Ambrosia. Celle-ci la mettait à l'épreuve et était particulièrement exigeante. Finis les jeux avec Demetra, son apprentissage n'avait plus rien de ludique. Mais ses efforts payaient. Johanna s'appliquait au maximum et écoutait sa professeure avec attention. Elle lut ainsi plusieurs heures, elle apprit de nouvelles prières, de nouveaux sortilèges puis quand ses paupières se firent lourdes, elle se glissa sous les couvertures de son grand et confortable lit.

Quand Johanna se réveilla, de nouvelles bougies brillaient dans sa chambre. Une prêtresse était au pied du lit, comme à son habitude. Une autre entra dans la pièce et tendit à l'adolescente une robe de lin bleu pâle. Johanna se changea et suivit la nouvelle venue jusqu'aux cuisines où un petit-déjeuner lui fut servi. Elle sentit soudain une main glacée plonger dans son cerveau et une sensation d'empressement, de retard... C'était la façon de communiquer des prêtresses. Elles lui disaient de se dépêcher. Johanna engloutit une dernière bouchée de pain et se leva de table. Toujours en silence, elle suivit ses gardes jusqu'à une grande pièce, sorte de salle du trône où se tenait parfois Ambrosia. Cette dernière était assise sur un grand fauteuil de pierre qui avait l'air inconfortable. A la surprise de Johanna, elle était habillée à la mode terrienne avec un tailleur noir ajusté, ses longs cheveux blonds ramenés en chignon strict. Juchée sur de hauts talons, elle paraissait gigantesque. Ses yeux noirs fixèrent la jeune fille avec attention.

— Ça te plaît ? Il est temps pour moi de me rendre sur Terre. Qui sait, peut-être passerai-je le bonjour à ta mère…

CHAPITRE 4

Sonia sirotait un whisky en compagnie de Damien Mirisse. Les deux amis s'étaient retrouvés dans un nouveau bar dans le centre-ville d'Aurac. Dehors, le froid mordant faisait fuir les rares badauds. Damien avait certifié à la psychologue que l'enquête sur la disparition de Johanna était au point mort et qu'elle ne serait pas inquiétée. Un problème de moins. L'ancien policier se sentait bien dans son nouveau rôle de privé. La plupart de ses affaires concernaient surtout des divorces ou des héritages à contester mais il avait eu affaire à un ou deux cas sortant de l'ordinaire.

— Une femme au bord de la crise nerveuse est venue me voir. Elle était certaine d'être suivie par une ombre et voulait que je la prenne en filature pour prouver qu'elle n'était pas folle. J'avoue que j'ai hésité à prendre l'affaire. Je veux dire, avant, j'aurais dit non direct mais avec tout ce qu'on a vécu… Je veux dire, cette femme n'était peut-être pas folle.

— Alors pourquoi as-tu refusé ?

— Je… J'ai pas voulu y croire. Et maintenant, c'est con mais je regrette.

— Tu sais, j'ai de plus en plus de patients qui viennent avec des problèmes qui… sont dus à des bizarreries, je ne sais pas comment dire. Je ne sais pas si je suis devenue un aimant à paranormal ou si de plus en plus de personnes y sont confrontées ! Maintenant que je sais que tout cela existe, je les traite différemment. Je raisonne autrement. Non sans avoir quelques frissons. C'est étrange… Et il arrive que ma main me démange, tu sais, celle avec les runes gravées…

— Effectivement, c'est très étrange ! Moi tu vois, j'ai encore quelques réserves. Malgré ce qu'il s'est passé, mon cerveau refuse encore parfois de voir la réalité. C'est ce qui s'est passé avec cette femme. J'ai certes pris le temps de la réflexion mais au final...   Et toi ? Comme d'habitude, tu ne parles pas de toi. Dis-moi comment tu vas.

— Oh tu sais, ça va, ça vient. Il y a des jours où je suis plus forte que d'autres. Le pire, c'est le soir. Quand l'appartement est vide. Que sa chambre est vide. Et Chanel qui miaule comme si elle l'appelait. Ça me brise le cœur.

— On la retrouvera, dit Damien en posant sa main sur celle de Sonia.

— Je suis allée voir Alicia samedi dernier, enchaîna la jeune femme. Elle ne va pas bien. Elle a pris un sacré coup de vieux. Elle va voir Nathalie tous les jours à la clinique mais son état ne s'améliore pas. Elle va se remettre au travail. Je crois qu'il lui fallait une période de déni, de repli même. Maintenant, elle va se battre.

— Et comment ? C'était Nathalie la sorcière dans le couple.

— Oh, je pense qu'elle va faire jouer ses nombreuses relations. Tu connais son réseau !

— Et ce réseau, il ne serait pas utile pour retrouver ta fille ?

— J'y ai pensé mais Alicia attendra que je lui pose officiellement la question. Et alors, je lui serais redevable. C'est comme ça qu'elle fonctionne. Je ne peux pas lui faire confiance à 100%. C'est de sa faute si la Déesse Hibou a emmené Johanna. J'ai beaucoup de compassion pour elle par rapport à ce qui est arrivé à Nathalie mais… ça me fait mal de devoir m'en remettre entièrement à elle pour retrouver Johanna.

— Un mal nécessaire, Sonia.

— J'aimerais le croire.

Ce soir-là, Sonia s'assit sur le lit de sa fille en pleurant. Chanel vint la rejoindre en miaulant. La jeune femme sortit son portable de sa poche et fit défiler des photos de Johanna de longues minutes. Un peu abrutie par l'alcool et dévastée par la tristesse, elle se roula en boule et s'endormit là. Depuis la disparition de Johanna, Sonia ne rêvait plus. Nathalie lui avait dit un jour que toutes les femmes ont un don magique plus ou moins grand, plus ou moins développé. Celui de Sonia se manifestait lors de ses rêves, c'est par ce biais qu'Alex et Johanna étaient déjà entrés en contact avec elle. Mais le peu de pouvoir qu'elle avait était maintenant étouffé par le poids du chagrin. Finis les rêves, voire les crises de somnambulisme. Cependant, cette nuit-là fut différente. Et quand Sonia se réveilla, elle était nue dans son propre lit. Elle retrouva ses vêtements jetés près de la porte de sa chambre. Chanel dormait à ses pieds.

Loin, très loin d'elle, Johanna s'éveilla avec un mal de tête atroce. Elle porta la main à sa tempe droite puis jeta un œil à la prêtresse chargée de la surveiller. La jeune fille espéra avoir mis suffisamment de barrières mentales pour ne pas être repérée. En parlant de sa mère, Ambrosia avait éveillé sa curiosité. Aussi avait-elle essayé d'aller l'observer dans ses rêves. Elle avait d'abord cherché à se protéger de la prêtresse puis avait quitté son corps pour observer sa mère.

Elle avait trouvé Sonia dans sa chambre, endormie avec Chanel. Ses sentiments avaient été contradictoires entre l'envie de lui signaler sa présence et une sorte de pitié de voir sa mère dans cet état. Finalement, elle avait tenté quelque chose : recoucher Sonia dans sa chambre. Sans savoir comment faire, simplement en y pensant très fort, elle avait fait de la jeune femme une marionnette. Après l'avoir fait se déshabiller et se coucher dans son propre lit, Johanna avait immédiatement réintégré son corps, comme vidée de toute énergie. C'était la première fois qu'elle faisait une telle manipulation et elle en payait le prix ce matin. Prix qui serait bien plus élevé si jamais la prêtresse avait découvert ce qui s'était passé. Johanna s'en voulut et se sentit stupide. Elle craignait non seulement la punition de sa maîtresse mais avait aussi peur de la décevoir. Elle enfila rapidement une robe propre et descendit aux cuisines, priant pour que personne n'ait rien remarqué.

CHAPITRE 5

Il devait être quatre heures du matin quand Alicia décida d'aller se coucher. Elle avait travaillé toute la nuit sur son ordinateur, à appeler ses contacts à travers le monde, à s'occuper de ses e-mails en souffrance. Demain elle attaquerait le courrier dont la pile menaçait de s'effondrer d'un moment à l'autre. Elle avait délaissé sa surveillance active d'Ambrosia depuis de nombreux mois, consacrés à aller voir Nathalie chaque jour à la clinique et à regarder dans le vide, affalée dans son fauteuil. Voir l'amour de sa vie devenir folle l'avait anéantie. Ou presque. Elle se sentait un regain d'énergie. Parce qu'elle venait de comprendre qu'Ambrosia allait gagner la partie. Elle avait pris sa femme et la fille de Sonia. Elle détruisait des vies avec cruauté. Il fallait que cela cesse. Alicia ne souhaitait pas combattre frontalement la Mère Première, elle savait cette bataille perdue d'avance mais elle devait comprendre comment elle avait touché Nathalie. Peut-être qu'ainsi, elle trouverait un moyen de la ramener à elle. Parallèlement sa surveillance permettrait de remettre la main sur Johanna. La vieille femme n'avait aucun scrupule à avoir utilisé la petite fille pour observer la sorcière en secret. Malgré les conséquences. Dans toute guerre, il y a des morts et des blessés. Et reprendre Johanna et ses pouvoirs dans son camp était un objectif intéressant. Sans compter l'amour de Nathalie pour la fillette. Elle pouvait le faire pour elle.

Alicia éteignit son ordinateur, fit craquer ses doigts et ses vertèbres en se levant. Elle but un verre de lait chaud dans la cuisine puis se prépara pour la nuit. Elle se glissa dans le grand lit vide. Nathalie lui manquait affreusement. Elle sentit les larmes lui monter aux yeux. Elle ne montrait son chagrin à personne. Elle se laissait aller le soir, dans les draps froids. Alicia regarda son réveil. Allait-elle réussir à dormir cette nuit ? Elle pensa avec nostalgie aux tisanes que lui préparait sa femme pour vaincre ses insomnies. Et les sanglots revinrent. Elle éteignit sa lampe et enfonça sa tête dans son oreiller.

Alicia se réveilla vers neuf heures. Elle but un café avant de prendre une douche. Elle détourna le regard en voyant son reflet dans le miroir de la salle de bains. Elle avait remarqué sa peau terne, ses rides et ses tâches. Mais son regard, lui, n'avait pas perdu de son éclat. Après s'être habillée, elle prit son petit-déjeuner en écoutant les informations à la radio. Thé, tartines de miel, jus d'orange. Son rituel était toujours le même. Puis elle décida de s'attaquer à son courrier en souffrance. Entre les factures, les invitations ratées à des dîners mondains, des cartes postales d'amis, elle trouva quelques lettres intéressantes de son réseau. Dans un petit village de Thaïlande, on avait recensé un nombre anormal d'enfants morts-nés après la pleine lune. Possible qu'une sorcière y sévisse… Sur une petite île perdue du Pacifique, des pêcheurs avaient aperçu une étrange créature dans le lagon, son contact lui joignait plusieurs photos. Sans compter qu'à Los Angeles, on reparlait de rituels sataniques dans les égouts. Alicia lut toutes ses lettres, prit le temps de répondre à ses correspondants et classa ces nouvelles informations. Les murs de son bureau étaient couverts d'étagères remplies de livres et de boîtes en cartons renfermant ses précieuses découvertes. Tout était parfaitement rangé, archivé. Elle fit une pause à midi pour se restaurer.

L'après-midi, elle se rendit comme d'habitude à la clinique. Les infirmières la laissèrent dans la chambre de Nathalie. Celle-ci était assise face à la fenêtre qui donnait sur un joli parc où se promenaient d'autres patients. Alicia s'approcha d'elle, lui déposa un bisou sur la joue mais n'obtint aucune réaction. Elle prit donc une chaise et s'assit à ses côtés. Pendant de longues minutes, elle lui raconta sa nuit et sa matinée, les nouvelles du monde… Nathalie avait toujours le regard perdu dans le vide. Soudain elle se retourna, sourit à Alicia et reprit sa contemplation sans un mot. Celle-ci avait l'habitude de cette réaction, aussi n'y prêta-t-elle pas attention. Elle décida de coiffer sa femme dont les grands cheveux viraient au gris terne.

— Je crois que je vais faire venir un coiffeur, ma chérie…

— Ma chérie.

Alicia resta interdite un instant.

— Nathalie ? Ma douce, répète moi ce que tu as dit !

Mais elle n'obtint aucune réponse.

Soudain Nathalie se mit à convulser et à hurler. Surprise, Alicia eu un mouvement de recul. Nathalie glissa de sa chaise et se retrouva sur le sol, tremblante et bavante, criant des mots incompréhensibles. Sa femme essaya de lui parler, de la redresser mais rien n'y fit. Son corps frappé de soubresauts lui échappait. Nathalie hurlait de plus en plus fort, les yeux démesurément grands ouverts. Les infirmières arrivèrent rapidement, firent sortir Alicia malgré ses protestations et s'occupèrent de Nathalie. Dans le couloir, la vieille femme entendait un brouhaha inquiétant venant de la chambre. Elle réprima un frisson. Quand enfin, on lui permit d'entrer, elle retrouva sa femme endormie et sanglée à son lit. Un médecin expliqua à la vieille femme que Nathalie avait parfois ce genre de crise, qu'un sédatif puissant faisait passer. Il n'arrivait pas à déterminer ce qui les déclenchait.

Alicia rentra chez elle en taxi. Bien que son appartement fût sombre, elle n'alluma pas la lumière et s'effondra dans son fauteuil. Elle resta quelques minutes dans le noir puis se ressaisit. Elle y avait cru. Un instant. Juste un instant. Nathalie était revenue. Encore un mauvais tour. Alicia maudit Ambrosia pour la millième fois puis se leva. Elle trouverait une solution. Elle guérirait sa femme.

CHAPITRE 6

Quand Ambrosia vint la trouver dans sa chambre, Johanna resta incrédule quelques secondes. Jamais la Mère Première n'était venue la voir ici. Vêtue d'une longue robe de soie noire, ses cheveux blonds touchant le sol, elle paraissait gigantesque. Johanna venait de s'habiller. Ambrosia congédia les prêtresses présentes et s'assit sur le lit. Elle invita la jeune fille à venir près d'elle.

— Aujourd'hui, je t'emmène avec moi.

— Où allons-nous ?

— Dans un endroit que tu connais, dans lequel je t'ai interdit d'aller quand tu n'étais encore qu'une enfant.

— Ins Gehaïth, murmura Johanna.

— Exactement. Il n'est pas donné à tout le monde d'y aller. Encore moins aux simples mortels de la Terre. Mais il y a bien longtemps que j'ai transcendé mon enveloppe humaine. J'ai des affaires en cours et j'ai décidé de t'emmener. Il est temps pour toi de faire cette expérience.

— Nous n'y allons pas par voyage astral, n'est-ce pas ?

— Non, Johanna. Nous allons nous y rendre en chair et en os. Suis-moi.

Ambrosia se leva, Johanna à sa suite. Elles traversèrent de longs corridors de pierres, éclairés par des torches et des bougies aux senteurs étranges. Enfin, la sorcière ouvrit une lourde porte de bois. Johanna fut surprise de pénétrer dans une grande cour de terre battue. Aussitôt elle leva les yeux au ciel et son regard embrassa des milliers d'étoiles dans la nuit noire. Depuis combien de temps n'était-elle pas sortie de ce bâtiment dont elle ne connaissait même pas les contours ? Elle prit le temps d'observer les murs sans fenêtre. La bâtisse était en pierres grises et luisantes et ne comportait aucun étage. Son toit était fait d'ardoises aux reflets changeants. Mais elle ne put longuement s'attarder car Ambrosia la rappela à l'ordre. Elle émit un étrange sifflement et, dans un nuage de fumée, un immense cheval apparut. Ses os apparaissaient sous sa chair en putréfaction. Sa longue crinière noire flottait dans un vent imaginaire. Il s'ébroua dans une odeur de soufre et de mort. La sorcière ne manqua pas de remarquer les réactions de Johanna et sourit discrètement.

— A ton tour Johanna.

— A mon… Mais je… Que dois-je faire ?

— Siffle ta mélodie et ton porteur apparaîtra.

— Vous ne m'avez pas appris à le faire ! protesta la jeune fille.

— Je n'en ai pas besoin. C'est quelque chose qui t'appartient. Ton porteur attend quelque part que tu l'appelles. Il n'a pas de nom, ni d'âme, c'est un esclave à ton service pour voyager entre les dimensions. Siffle Johanna.

Cette dernière hésita un instant, ferma les yeux, plaça sa bouche en cœur et se mit à siffler. La très courte mélodie monta dans les aigus en tourbillonnant. Un nuage de fumée grise apparut près du cheval d'Ambrosia. Et la créature invoquée par Johanna fut là. Elle avait tout d'un homme de plus de deux mètres de haut, grand et massif. Noir comme de l'encre. Il possédait une tête d'aigle et deux grandes ailes dans le dos. Ambrosia se mit à rire et applaudit son élève.

— Oh, un Hümin ailé. On ne se refuse rien !

— Je ne sais pas, je…

— C'est ton porteur. Le peuple des Hümins est une très vieille race qui vit aux confins de ton univers. Ils ne sont plus que quelques-uns… Et l'un d'eux est maintenant à toi. Mais trêve de bavardage, il est temps de partir. Tu m'accompagnes Johanna, tu es mon invitée. Je ne vais pas t'apprendre à aller à Ins Gehaïth, pour aujourd'hui, tu profiteras simplement du passage que je vais ouvrir. Suis-moi.

Ambrosia passa sa main dans ses cheveux et ceux-ci devinrent noirs et drus, à l'image d'une crinière. Sa robe de soie noire devint blanche, à moitié transparente. La sorcière se mit à léviter et monta sur son cheval. Ses jambes semblèrent fusionner avec ses flancs. Son visage devint blanc, maladif, à l'image de la mort. Devenue la Cavalière Pâle, elle était prête à faire son entrée à Ins Gehaïth. Ses yeux noirs fixèrent Johanna qui s'arma de courage et s'approcha de l'Hümin. Celui-ci s'agenouilla sans un mot. Elle grimpa sur son dos, passa ses bras autour de son cou et s'agrippa. L'homme-aigle se redressa, prêt à partir. La Cavalière Pâle émit un sifflement proche des ultrasons et son cheval se mit en marche, il galopa dans la cour jusqu'à s'élever dans les airs. L'Hümin s'envola à sa suite, Johanna le tenant fermement. D'une voix sombre et puissante, semblant résonner dans tout l'univers, Ambrosia récita une prière dans une langue inconnue et qui n'avait rien d'humain. Alors devant les yeux ébahis de Johanna, un portail s'ouvrit dans le ciel étoilé. Le cheval s'y engouffra et son porteur à sa suite. Johanna ferma les yeux. Elle sentit un grand courant d'air froid la traverser. Elle sentait les ailes de sa monture bouger et n'entendait pas un son. L'adolescente se risqua à rouvrir les yeux. Autour d'elle dansaient des galaxies inconnues, des planètes incontrôlables. A quelques mètres devant, le cheval géant galopait, la Cavalière Pâle sur son dos. Puis les deux montures traversèrent une seconde porte de lumière. De l'autre côté, les attendait Ins Gehaïth.

Le cheval et l'Hümin atterrirent en douceur sur une terre rouge et aride. Il n'y avait pas de soleil, le ciel était envahi de nuages ocre. La chaleur était insoutenable. Ambrosia demanda à Johanna si tout allait bien et la félicita pour son premier voyage entre les dimensions. Elle lui ordonna de la suivre et de ne pas dire un mot. Elles se mirent en route vers une forteresse de briques rouges qui semblait surgir de nulle part. Le voyage ne dura que quelques minutes alors que la bâtisse semblait à des kilomètres quelques secondes plus tôt. Johanna était déroutée. Les deux femmes s'arrêtèrent devant une grande porte en fer. La Cavalière Pâle parla d'une voix forte et gutturale et on leur ouvrit. Elles pénétrèrent dans une petite cour où les attendaient une armée d'hommes-cochons habillés de treillis. L'un d'eux, plus grand que les autres, s'agenouilla devant Ambrosia et s'adressa à elle avec déférence dans un mélange de grognements et de petits cris. Toujours sur le dos de l'Hümin, Johanna ne perdait pas une miette de la scène. Elle ne comprenait malheureusement pas l'échange mais pouvait voir la peur dans les yeux porcins dirigés vers le sol et non vers la Cavalière Pâle. Soudain, le soldat se releva et donna des ordres à ses acolytes. Deux d'entre eux coururent vers une petite cabane de terre cuite au fond de la cour gardée par un groupe de plantons. Ils en sortirent une femme en haillons, la traînèrent tant bien que mal et la jetèrent aux pieds du cheval. La femme était sale et blessée. Elle était surtout terrifiée. La Cavalière Pâle se pencha vers elle et dans un rictus mauvais lui ordonna de parler.

— Tu vas me dire tout ce que tu sais.

CHAPITRE 7

Ils étaient tous réunis dans le grand salon des Herbert à Paris. Sonia, Damien, Jean. Alicia les avait convoqués ce samedi. L'ancienne professeure avait repris du poil de la bête et recommencé ses recherches sur la Mère Première. Elle avait à leur parler. Mais pour l'heure, chacun prenait des nouvelles des autres autour d'un café bien fort.

— Alors Damien, des cas intéressants ? demanda Jean.

— Filatures pour adultères, recherches sur des employés soupçonnés de détournement de fonds… Mon business démarre seulement. Je ne vis pas de grandes aventures. Mais je laisse trainer mes oreilles et j'ai toujours mes indics dans la police.

— Ne t'inquiète pas Damien, je fais circuler ton nom parmi mes connaissances, intervint Alicia.

J'ai comme dans l'idée que ton business, comme tu dis, devrait décoller sous quelques semaines.

— Merci Alicia, c'est très gentil de ta part.

— Et toi ma chérie ? se tourna Jean vers Sonia.

— Oh… des cas de plus en plus bizarres, j'ai l'impression. J'en parlais à Damien : j'ai l'impression d'attirer des patients étranges. Ou alors peut-être que je vois les choses différemment, j'envisage leurs histoires sous de nouveaux aspects.

La conversation se prolongea ainsi jusqu'à ce que toutes les banalités furent échangées. C'est à ce moment qu'Alicia décida de leur parler de son projet. Elle avait mûrement réfléchi, s'était replongée dans ses archives et ses correspondances. Il était temps d'agir. Elle leur parla longuement de son réseau, des années de travail qu'il avait fallu pour le monter, des voyages qu'elle avait fait aux quatre coins du monde… Mais pour autant, la vieille femme ne leur exposa pas toute sa vie. Elle se concentra sur ses recherches sur Ambrosia. Elle voulait leur montrer à quelle point la sorcière était puissante, bien qu'ils aient déjà eu un aperçu de ses pouvoirs, et surtout de son influence sur la Terre et sans doute au-delà. Pour Alicia, beaucoup de cultes, de sectes, d'affaires de sorcellerie ou de meurtres étaient liés à la Mère Première. Elle avait acquis la conviction que les pouvoirs de la sorcière ne cessaient de croître.

— Mais pourquoi ? demanda Sonia. Je veux dire, elle est déjà terriblement puissante. Qu'est-ce qui lui manque ? Qu'est-ce qu'elle ne sait pas faire ?

— Justement, répondit Alicia. A notre échelle, elle est très puissante, effectivement. Pour autant, je pense qu'elle n'est pas encore parfaite, elle n'est pas accomplie. Quels que soient ses pouvoirs, je pense qu'il lui manque l'immortalité. Elle a beau avoir une puissance incroyable, une balle dans le cœur lui fera le même effet qu'à toi ou à moi. Encore faut-il arriver à lui loger cette balle…

— Mais quel est son quotidien ? intervint Damien. Elle amasse des richesses par exemple ?

— Non, ce n'est pas ce qui l'attire. Je pense qu'elle est simplement assoiffée de pouvoir. Elle a besoin de dominer les autres, d'être au-dessus de la mêlée. Je fais de la psychologie de comptoir mais j'essaie vraiment de la comprendre. Comprendre ce qu'elle est, ce qu'elle veut, c'est avoir un tour d'avance sur elle. Je pense qu'elle est foncièrement mauvaise. Et on ne peut pas laisser une telle puissance dans ses mains. Quant à sa vie de tous les jours ? Qui sait ? Je ne sais même pas si le temps passe pour elle comme pour nous. Je pense qu'on ne peut pas penser son quotidien comme le nôtre avec un matin, un midi, un soir. Les journées s'écoulent différemment pour elle. Je l'imagine sur des grimoires, des potions, des voyages à travers les dimensions pour se trouver des alliés, apprendre de nouveaux sortilèges, semer la peur… Vous voyez, j'ai consacré ma vie à Ambrosia mais j'en sais au final très peu sur elle. Elle m'échappe constamment. Avec ses connaissances de la magie, Nathalie était précieuse dans ma quête. Sans elle… La tâche est plus compliquée. Mais je pense que nous allons pouvoir la guérir. Et peut-être retrouver Johanna. C'est pour ça que je voulais vous voir aujourd'hui.

A ces mots, Sonia retint son souffle. Retrouver Johanna. Quel était donc le plan d'Alicia ?

— Nous avons besoin de magie, reprit l'ancienne professeure. Sans elle, je ne peux pas avancer. Je ne peux pas déchiffrer tout ce que m'envoient mes correspondants, je ne peux pas comprendre ce qui arrive à Nathalie, je ne peux pas comprendre non plus pourquoi Ambrosia a attiré Johanna.

— Il nous faut notre propre sorcière, dit Jean.

— Exactement.

— Et tu en connais ?

— Je sais laquelle ferait l'affaire. Mais j'espère qu'elle acceptera de nous aider. Sonia, je pense que le nom de Brigitte Chalmet ne t'est pas inconnu ?

— C'est elle qui a envoyé Paul Delgado à Ins Gehaïth ! s'écria Sonia.

— C'est une sorcière très puissante, reprit Alicia. Elle vit ici, à Paris. J'ai pu récupérer son contact. Je ne l'ai pas encore appelée, je voulais vous en parler avant. Elle pourra nous aider. Mais le voudra-t-elle ? Je ne la connais que de réputation.

— Après tout, elle a accédé à la requête de Paul Delgado. Pourquoi refuserait-elle de nous aider ?

— Parce que nous nous attaquons à la Mère Première, dit Damien.

CHAPITRE 8

Sonia et Damien dormirent chez Alicia. Celle-ci avait appelé Brigitte Chalmet sitôt après leur discussion et avait convenu d'un entretien avec la sorcière. Ils avaient rendez-vous en début d'après-midi chez elle dans le centre parisien. Ils passèrent la matinée à discuter de tout et de rien et déjeunèrent dans un petit restaurant en bord de Seine avec Jean. Le groupe prit ensuite le métro, que Sonia détestait, pour se rendre à destination. Dans la rame, la psychologue observa les voyageurs et se prit à imaginer leurs vies. Elles furent bien tristes. Qu'en était-il de cette vieille femme emmitouflée dans un manteau râpé ? Ou de ce jeune homme, casque sur les oreilles et le regard perdu dans le reflet de la vitre. Qu'écoutait-il ? La psychologue ne voyait rien de joyeux ni d'inspirant. Tout lui paraissait morne.

Enfin ils arrivèrent au pied d'un immeuble haussmanien. Ce fut Alicia qui sonna. Une voix vive et ferme les invita à monter au troisième étage. L'immeuble était propre, les escaliers recouverts de moquette rouge et l'air sentait le désinfectant. Alicia ouvrait la marche et ce fut elle qui sonna à la porte. Brigitte Chalmet leur ouvrit aussitôt.

C'était une très vieille femme aux cheveux d'un blanc éclatant noués en chignon sur le haut de son crâne. Petite et légèrement voûtée, elle s'appuyait sur une canne ornée d'une tête de chat égyptien. Son visage était extrêmement ridé et ses yeux plein de malice. Souriante, elle invita le groupe à entrer chez elle. Son appartement était petit mais décoré de beaucoup d'œuvres d'art. Sonia se souvenait de ce que Paul Delgado lui avait dit sur cette sorcière. Son regard s'attarda sur un tableau qui lui sembla être un Monet.

— Vous pouvez vérifier la signature si vous voulez. C'est un original. Comme tout ce qu'il y a dans mon appartement. Je suis très attachée à l'art, madame Saint-Erme, et surtout aux artistes, dit Brigitte Chalmet dans un petit rire. Je vous en prie, suivez-moi jusqu'au salon.

Le salon en question était plus petit que chez les Herbert et bien plus encombré de sculptures, toiles, photos et plantes en tout genre. Pour autant on ne s'y sentait pas à l'étroit. Chacun prit place autour d'une table basse ouvragée. Brigitte Chalmet leur proposa du café et des petits gâteaux maison. Alicia allait prendre la parole mais la sorcière la prit de court.

— Inutile de perdre notre temps en présentation chère Alicia. Nous avons parlé hier et vous vous doutez bien que je ne laisse jamais personne entrer chez moi sans avoir fait quelques recherches. Ce qui m'importe, c'est surtout la raison de votre venue. Et de ça, il faut discuter. Mais je vois que madame Saint-Erme s'impatiente.

Prise au dépourvu, Sonia bredouilla.

— Euh, je… Appelez-moi Sonia, je vous prie. Madame Chalmet, Brigitte, si vous le permettez, j'aurais mille questions à vous poser. Je ne sais par où commencer.

— Posez la première qui vous vient à l'esprit

— Avez-vous envoyé Paul Delgado à Ins Gehaïth ?

— Le Pays de l'Autre Côté, où nous finirons tous ou presque… Oui, je l'ai envoyé là-bas. Je connais la suite de l'histoire. Pauvre homme. Et pauvre Marion. Que de vies détruites ! Bah, d'autres que lui tenteront encore l'impossible. Nous aurons toujours de nouveaux explorateurs.

— Vos pouvoirs sont si puissants ?

— Sonia, s'il-te-plaît, intervint Alicia, soucieuse de ne pas froisser leur hôte.

— Bien sûr, sinon vous ne seriez pas ici aujourd'hui. Mais ils ne sont pas grand-chose comparé à celle que vous traquez. La Sorcière des Montagnes est sans aucun doute l'humaine la plus puissante qui existe dans nos univers.

— La Sorcière des Montagnes ? demanda Jean.

— Un de ses nombreux avatars, répondit Alicia, désireuse de montrer l'étendue de ses connaissances. Nous connaissons Ambrosia sous diverses apparences.

— C'est ainsi que je l'appelle. Référence à une vieille rencontre.

— Vous l'avez rencontrée ? Racontez-nous ! demanda Damien.

— C'était il y a fort longtemps maintenant. L'anecdote n'est pas plaisante en ce qui me concerne. Elle était déjà plus puissante que moi. Elle œuvrait dans le sud de la France, dans une petite communauté perdue dans les Alpes maritimes. Sa connaissance et son utilisation des plantes était impressionnante… J'ai appris auprès d'elle mais notre relation n'a pas toujours été au beau fixe et nos chemins se sont séparés. Inutile d'entrer dans les détails.

— Brigitte, vous connaissez la magie, vous connaissez la Mère Première, vous pouvez nous aider, l'implora Sonia. Nous avons besoin de vous. Vous ne voudrez peut-être pas vous impliquer autant que nous mais vous avez sûrement réponse à beaucoup de questions que nous nous posons.

La vieille sorcière prit quelques bouchées de gâteaux en silence, ménageant son petit effet.

— Très bien. Que voulez-vous savoir ?

— Nous avons besoin d'aide pour deux choses, reprit Alicia. Nous devons guérir ma femme et nous devons retrouver la fille de Sonia.

— C'est ce que vous m'avez indiqué hier. Mais j'ai besoin que vous me racontiez en détails tout ce qu'il s'est passé.

CHAPITRE 9

Deux semaines avaient passé depuis la rencontre avec Brigitte Chalmet et celle-ci n'avait pas donné de nouvelles. Sonia était partagée entre l'impatience et la résignation. Alicia avait beau rassurer le groupe, dire que la sorcière avait sûrement besoin de temps, la jeune femme avait du mal à y croire. Sonia y pensait souvent et laissait son esprit vagabonder un peu trop à son goût. Comme à présent, en pleine séance. Sa patiente, la gothique Rose, chasseuse de paranormal, parlait depuis un quart d'heure sans s'arrêter. Elle ne cessait de mentionner les silhouettes plus noires que l'ombre, la sensation d'être épiée en permanence, surtout la nuit. Ses amis qui étaient présents dans la maison supposément hantée partageaient ses sentiments. Rose se demandait si une thérapie de groupe pouvait leur être bénéfique. Ce qui rassurait Sonia, en un sens, était le recul qu'essayait de prendre sa patiente. Celle-ci ne doutait pas de ce qu'elle avait vu et entendu cette nuit-là mais elle pouvait le mettre sur le compte de la peur, de l'excitation… De même que le sentiment d'être observée qu'elle éprouvait depuis. La psychologue sentait que Rose marchait sur un fil, attendant de basculer du côté du rationnel ou de l'extraordinaire. Avec ses connaissances en paranormal, Sonia se demandait si elle devait pousser Rose d'un côté ou de l'autre. A moins que cette dernière n'arrive à rester en équilibre jusqu'à choisir elle-même de quel côté tomber.

Après la séance, Sonia eut le temps de se servir un café. Dans la salle de pause, elle retrouva le grand sourire de Carole Rivière. Comme d'habitude, elle débordait d'énergie dans ses incomparables robes flashy. Les deux femmes discutèrent de la pluie et du beau temps avant de repartir chacune dans leur bureau. Sonia sentait toutes les questions non posées par Carole, tous ces non-dits. La pédopsychiatre brûlait de l'interroger sur l'absence de Johanna mais se retenait avec politesse. Sonia lui en était reconnaissante.

Elle alla retrouver son quarantenaire et ses rêves pleins de créatures océanes. Les cernes de ce dernier étaient plus prononcées, ses joues creusées. Son patient lui raconta les mêmes cauchemars. Pendant la séance, la psychologue fut prise d'un étrange vertige. Elle sentit comme une présence à la frontière de sa conscience. Quelqu'un l'épiait. Cela dura moins d'une minute. Quand elle congédia son patient, Sonia se sentit soudain très fatiguée. L'étrange sensation ne revint pas mais elle l'avait laissée comme essoufflée, lasse. La jeune femme s'effondra dans son fauteuil. Soudain elle sentit un courant d'air froid dans son cou. Elle se redressa aussitôt et se retourna mais la pièce était vide. Encore une fois, elle se crut observée. Il y avait bien quelqu'un mais qui cela pouvait-il être ? Johanna ! Sonia y pensa une seconde puis réfuta l'idée, de peur de se faire de faux espoirs.

Etait-ce de nouveau la Mère Première ou l'une de ses adeptes ? Sonia secoua la tête, se donna quelques claques et refit sa queue de cheval. Un autre patient l'attendait, elle devait assurer ses consultations.

CHAPITRE 10

Johanna était allongée sur un petit lit blanc dans une nouvelle pièce sans fenêtre. Quelques bougies éclairaient faiblement la chambre. Aucune prêtresse n'était là, elle était seule avec Ambrosia qui se tenait debout près d'elle. Vêtue d'une toge de soie blanche, elle ressemblait à un ange. Johanna ne cessait d'être époustouflée par son apparence. Alors qu'elle la détaillait, Ambrosia plongea son regard dans le sien. L'adolescente détourna la tête, gênée. Mais sa maîtresse ne sembla pas lui en tenir rigueur.

— Il y a longtemps que tu n'as pas pratiqué de voyage astral, Johanna. Il est temps de reprendre. Tu vas me faire une petite démonstration.

L'adolescente se détendit et ferma les yeux. Elle eut la sensation de tomber en arrière puis d'être aspirée par le haut. Quand elle ouvrit les yeux, elle flottait au-dessus de son corps, face au plafond. Elle se retourna et se vit dormir dans le lit. Ambrosia était toujours debout. Elle s'était rapprochée du lit et avait posé une main sur le front de la Johanna endormie. Le double astral de la jeune fille se déplaça dans la chambre, vola un peu d'un mur à l'autre. Elle traversa la porte et se retrouva dans un couloir mal éclairé. Ambrosia apparut à ses côtés, lévitant également dans l'espace. Elle lui prit la main.

— Tu te souviens quand je t'ai appris à te matérialiser en voyage astral ?

— Oui mais je ne sais pas si je saurais encore le faire.

— Suis-moi.

Les deux corps volèrent de couloirs en couloirs jusqu'à une grande porte de bois vermoulue. Ambrosia fit signe à Johanna de l'ouvrir. Celle-ci posa sa main sur la poignée mais elle la traversa. Elle se concentra un peu plus et put sentit le métal froid sous ses doigts. Elle poussa la porte et pénétra dans une clairière. Elle ressemblait beaucoup à celle de la Déesse Hibou sauf qu'aucun arbre, aucune plante n'avait d'origine terrestre. Au-dessus d'elle, le noir sans fin de l'univers la contemplait. Il n'y avait aucune étoile. Ambrosia la poussa vers une pierre dressée au centre de la clairière. Le corps de la sorcière, qui était jusque-là transparent, se matérialisa. Le double astral de Johanna la regardait faire, ébahi. Elle brûlait de l'interroger mais il était hors de question de s'adresser à sa maîtresse en premier. L'attente ne fut que de courte durée. Ambrosia s'assit près du menhir et s'adressa à Johanna.

— Tu vois toutes les petites pierres au sol ? Ramasses-en une. Tu sais le faire, je te l'ai appris.

La jeune fille s'exécuta non sans mal. Elle n'avait pas pratiqué depuis longtemps, constamment surveillée par les prêtresses. Elle fit jouer le caillou dans ses mains puis le laissa tomber.

— Et après ?

— Tu m'as laissé ton corps dans la chambre. Il est complètement à ma merci. Ce n'est pas très rassurant, n'est-ce pas ?

— Il a toujours été à votre merci, murmura Johanna.

— Vole jusqu'à lui, je te prie.

Johanna fila, traversant des couloirs et des murs, suivant simplement son instinct qui l'amenait à son corps physique. Ce qu'elle vit lui coupa le souffle. Ambrosia tenait une dague sur son cou et menaçait de l'égorger. La sorcière regarda le double de Johanna et lui sourit. Elle appuya un peu la dague sur la peau délicate de l'adolescente. Johanna ressentit non pas de la douleur mais une gêne. Elle voulut lui crier d'arrêter mais aucun son ne sortit de sa gorge. Sous elle, Ambrosia se mit à rire et retira le poignard qu'elle jeta par terre. Elle s'adressa à Johanna :

— Retourne à la clairière, je t'y attends.

L'adolescente se laissa guider jusqu'à la clairière magique où se tenait toujours Ambrosia. Celle-ci était maintenant nue et se baignait dans un petit étang noir que Johanna n'avait pas remarqué. Le haut de son corps était gravé de tatouages mystiques dont certains luisaient dans la semi-pénombre. Gênée, elle préféra lui tourner le dos.

— Vois-tu, quand tu voyages, ton corps est en danger. N'importe qui peut le toucher, lui faire du mal. Tu le savais déjà mais je tenais à te le rappeler car ce qui va suivre est très important. Mais pose-moi ta question, vas-y.

— Vous ne faites pas de voyage astral. Vous êtes à deux endroits en même temps. Comment faites-vous ?

— L'ubiquité est un pouvoir très difficile à acquérir. Et son apprentissage commence par le voyage astral pour lequel tu as toujours été très douée. Tu es capable de quitter ton corps uniquement pour rester dans la même pièce ou pour te projeter sur d'autres plans. Je vais t'apprendre à maîtriser parfaitement ce don, ainsi qu'à mettre une barrière de protection sur ton corps. Puis nous reprendrons nos leçons là où nous les avons laissées : tu vas pouvoir te matérialiser complètement à un autre endroit que ton corps.

— Mais il reste endormi !

— Ce sera la dernière étape, Johanna. Tu pourras à la fois mouvoir ton corps et un double dans des endroits différents. Unis par la même conscience mais indépendants l'un de l'autre. C'est l'ubiquité. Peu de sorcières la maîtrisent comme moi mais je sais que tu es très douée.

— A quoi cela me servira ?

— Oh crois-moi, tu en trouveras de multiples usages…

— Pourquoi m'avoir fait venir dans cette clairière ?

— Je voulais te faire un cadeau, ma fille C'est ici que j'aime me délasser, me reposer. L'eau est toujours bonne, le sable doux. C'est un lieu hors du temps et de l'espace, une sorte d'illusion cosmique que j'ai créée un soir d'ennui. Tu pourras venir ici quand tu le souhaites. Je te le prête.

— Pourquoi ?

— Parce que j'en ai envie, tout simplement. Tu n'es pas ma prisonnière ici Johanna, j'espère que tu l'as compris. Tu n'es pas non plus mon invitée. Tu es mon élève. Tu as des devoirs mais aussi des droits et je veux te récompenser quand bon me semble.

— Je peux venir ici uniquement en voyage astral?

— Si tu le demandes, une prêtresse pourra t'accompagner ici. Elle t'attendra à la porte.

— Vous voulez dire que je pourrais être seule ?

— Oui. Un petit bonus. Je pense que tu as besoin d'un endroit à toi. En attendant de te créer le tien, je veux bien partager le mien avec toi. J'espère que cela te plaît. Tu peux te retourner, je me suis rhabillée.

— Merci Ambrosia, merci, dit Johanna le sourire aux lèvres.

— Va maintenant. Retrouve ton corps.

Johanna n'eut pas le temps de réagir, elle fut aspirée dans son corps et ouvrit les yeux dans la chambre. Elle était seule et les bougies allaient bientôt s'éteindre. La porte s'ouvrit et deux prêtresses firent leur apparition. Elles pénétrèrent les pensées de la jeune fille pour lui faire comprendre qu'il était temps de manger. Johanna se laissa conduire aux cuisines, mangea de bon cœur puis gagna sa chambre. Elle se glissa dans les draps frais et s'endormit d'un sommeil sans rêve mais le sourire aux lèvres.

CHAPITRE 11

Alicia quitta Nathalie les larmes aux yeux. Cette fois-ci, sa femme n'avait eu aucune réaction à sa venue. L'ancienne professeure était lasse et à fleur de peau. Elle prit un taxi pour rentrer à son appartement parisien. Elle avait passé la matinée à la clinique et il était déjà midi. En rentrant, elle prit son courrier et découvrit quelques lettres intéressantes. Elle les jeta sur la table de la cuisine et se fit une salade pour tout déjeuner. Elle perdait l'appétit. Après avoir mangé, elle se fit un café bien fort et s'enferma dans son bureau. Sa boîte aux lettres électronique ne lui apporta rien de nouveau mais dans le courrier du jour, un pli trouva grâce à ses yeux. Il s'agissait d'une vieille amie qui habitait dans le Maine. Electrophobe, elle ne jurait que par le papier pour correspondre avec Alicia. Celle-ci lut la missive avec attention. Ann était une archéologue à la retraite qui s'était toujours intéressée aux cultes anciens. Elle connaissait Alicia depuis plus de 30 ans. La vieille femme s'était toujours juré de retourner aux Etats-Unis voir son amie mais n'avait jamais pris le temps. Aujourd'hui, elle le regrettait. On avait diagnostiqué à Ann un cancer du sein. L'Américaine était plutôt pessimiste. En lisant sa lettre, Alicia eut de nouveau les larmes aux yeux. Mais Ann n'en oubliait pas pour autant ses devoirs et donna quelques informations extraordinaires à sa correspondante. Plusieurs sectes à tendance apocalyptique semblaient s'agiter sur la côte Est des Etats-Unis. Ces derniers mois, des centaines de dauphins venaient s'échouer sur les plages sans que l'on comprenne pourquoi. Et surtout, l'amie médium d'Ann, une californienne nommée Amy avait perçu de drôles de messages venant de l'au-delà. D'après elle, la Cavalière Pâle errait sur les terres d'Ins Gehaïth accompagnée d'une jeune fille montant un homme-oiseau. Les âmes mortes s'agitaient. Amy soutenait à Ann que d'autres médiums comme elle étaient assaillies par des messages d'outre-tombe alors qu'il était d'habitude très compliqué de contacter les défunts. Enfin Ann souhaitait à Alicia et Nathalie ses vœux pour une vie meilleure. La vieille femme replia la lettre sans un mot. Elle était partagée entre la nouvelle de la maladie de son amie et l'information concrète sur Ambrosia. La vieille femme se promit de répondre à sa comparse le lendemain. En attendant, il fallait qu'elle réactive de vieux contacts. Il fallait savoir ce qu'il se tramait dans le Pays de l'Autre Côté.

La professeure décrocha son téléphone et passa quelques coups de fil. Elle lança plusieurs hameçons et attendit que ça morde. Elle aurait sans doute de nouvelles informations dans les heures à venir. En attendant, elle rangea ses courriers. Alicia attendait toujours un mot de Brigitte Chalmet mais la sorcière n'était pas revenue vers elle. L'ancienne professeure était convaincue qu'elle allait prendre contact, c'était une question de temps. Ce qu'elle lui avait proposé était trop tentant.

Au bout de deux heures, des notifications sonores avertirent Alicia de l'arrivée de plusieurs e-mails. Le premier avait été émis de l'autre côté de la capitale. Il avait été écrit par Denis Bastien, un chercheur en neurosciences à la retraite versé dans l'occultisme. Il s'était spécialisé dans la recherche sur le coma et ses théories avaient fait de lui un paria dans la communauté scientifique. Dépourvu de tout pouvoir surnaturel, il s'était entouré de sorcières et médiums en tout genre tout au long de sa vie afin d'en savoir plus sur le passage entre la vie et la mort. Il rejetait les croyances sur Ins Gehaïth, penchant plutôt pour les théories chrétiennes sur le Paradis et l'Enfer ; pour lui le Pays de l'Autre Côté était au pire une théorie fumeuse et pessimiste, au mieux le Purgatoire. Dans son e-mail, il indiquait à Alicia que ses propres contacts medium avaient échangé avec des âmes mortes. Celles-ci avaient toutes indiquées être apeurées mais sans vouloir dévoiler pourquoi. Quelque chose se tramait.

Le second courrier électronique ne contenait qu'une pièce jointe. Il s'agissait d'un dessin au fusain représentant une grande femme au long cou gracieux et à la taille trop fine. Il venait d'une jeune illustratrice dépressive qui habitait également Paris. Alicia la suivait sur Internet depuis longtemps et avait pu la rajouter à son réseau. Ses cauchemars et ses demi-rêves étaient tellement étranges qu'Alicia était convaincue qu'elle était reliée à d'autres univers. Elle était très attentive à tout ce que cette femme publiait. Elle lui avait demandé à tout hasard de quoi elle avait rêvé la nuit précédente. Et la dessinatrice lui avait fait parvenir une représentation d'Ambrosia. Alicia fixa son écran de longues minutes puis enregistra le dessin, l'imprima et l'archiva dans ses cartons.

Au troisième café, Alicia s'installa dans son fauteuil dans le salon. Ambrosia tramait quelque chose. Elle parcourait de nouveau Ins Gehaïth mais à la recherche de quoi ? Elle faisait de nouveau bouger les lignes. Mais comment savoir l'objet de sa quête ? Elle n'allait tout de même pas se rendre elle-même à Ins Gehaïth... Après tout, elle pourrait le demander à Brigitte Chalmet... Alicia était songeuse. Mais ce qui la travaillait par-dessus tout était que La Cavalière Pâle était accompagnée d'une jeune fille. Comment le dire à Sonia ?

CHAPITRE 12

Il fallut encore quelques jours avant que Brigitte Chalmet ne contacte Alicia. Le temps passant avait commencé à entamer son optimisme. La vieille sorcière demanda à rencontrer Nathalie. Les deux femmes se donnèrent rendez-vous devant la clinique de bon matin. Quand elle vit la vieille magicienne descendre de son taxi, Alicia poussa un soupir puis l'accueillit chaleureusement. Enfin, elle entrevoyait un espoir pour sauver sa femme.

— Bonjour Brigitte, je suis heureuse de vous revoir.

— De même, ma chère Alicia. Je sais que j'ai pris mon temps avant de vous répondre mais j'ai dû faire quelques recherches avant de me lancer dans cette aventure. Marcher sur les traces de la Sorcière des Montagnes peut être particulièrement dangereux, vous savez. Oui, vous savez, excusez-moi, se reprit-elle.

— Ce n'est rien… Mais allons-y, je vais vous présenter Nathalie. Comme je vous l'ai dit, elle a parfois des crises, je ne dirai pas de lucidité mais… Enfin des crises…

Les deux femmes passèrent le portail de la clinique, traversèrent un petit parc arboré et se présentèrent devant le grand bâtiment. A la réception, les infirmières accueillirent Alicia qu'elles connaissaient maintenant bien. Avec Brigitte Chalmet, elles prirent l'ascenseur pour le second étage. La chambre de Nathalie donnait sur l'arrière de la clinique, sur le parc réservé aux patients.

Alicia toqua à la porte puis entra. Sa femme était comme de coutume assise, le regard tourné vers la fenêtre. Brigitte Chalmet encouragea sa comparse à se comporter comme si elle n'était pas là. Ce que fit Alicia. Elle embrassa Nathalie sur le front, prit une chaise et s'installa à côté d'elle. Elle lui fit part du cancer de son amie Ann mais préféra taire les autres informations.

Elle lui prit doucement les mains, y passa de la crème hydratante qui sentait bon la camomille. Puis elle se tut et regarda avec elle par la fenêtre. Dans le parc fleuri déambulaient plusieurs patients, certains accompagnés par du personnel soignant. Alicia soupira. Nathalie pouvait à peine marcher. Tous les jours, les infirmiers la faisaient bouger, tentaient de lui faire quelques exercices. Mais Alicia voyait bien les muscles de sa compagne fondre à vue d'œil. Elle était d'une maigreur épouvantable et ses longs et beaux cheveux, malgré les soins, étaient devenus ternes. Nous dépérissons ma chérie... Pendant un moment, Alicia oublia presque que Brigitte Chalmet était dans la pièce. Elle aurait même juré que cette dernière avait disparu. Mais la sorcière surgit soudain à ses côtés. Elle lui sourit gentiment et l'invita à lui céder sa place. Alicia la laissa faire. Brigitte Chalmet s'installa et fixa Nathalie un long moment. Elle lui mit une main sur le front quelques minutes, en marmonnant tout bas. Puis elle prit la parole :

— Nathalie ? Je m'appelle Brigitte. Vous m'entendez ?

Aucune réponse.

— Nathalie ? Eus dea ina touro !

Alicia ne reconnut pas cette langue et assista, intriguée, à la scène. La sorcière sortit un petit paquet d'herbes de son sac, lui mit le feu et agita la fumée sous le nez de Nathalie. Alicia eut soudain peur que l'alarme incendie ne se déclenche mais il n'en fut rien.

— Eus dea ina touro, répéta Brigitte. Eus dea ina touro !

Elle prit l'herbe qui se consumait à pleines mains et celle-ci disparut entre ses paumes ridées.

— Nathalie ? Omen dia ines ah ?

— Dia ines omen, répondit Nathalie dans un souffle.

Alicia réprima un cri et porta la main à sa gorge. Brigitte mit la main sur l'épaule de Nathalie et émit une légère pression. Cette dernière soupira longuement comme si elle exprimait du soulagement. Puis elle se leva de son fauteuil, droite comme un I, le regard toujours dans le vide.

— Dia ines omen, dit elle. Puis elle le répéta plus fort, et encore plus fort, jusqu'à crier. Dia ines omen ! Dia ines omen !

Elle se mit à tourner sur elle-même, criant toujours l'incantation, la bave aux lèvres. Alicia voulut s'approcher mais Brigitte lui fit signe de reculer. Cette dernière se leva elle-même et tenta de faire se rasseoir Nathalie. Mais celle-ci ne cessait de crier, les yeux fous, ses grands bras tournoyant dans l'air. Brigitte posa une main sur son front et tenta de réciter un sort mais Nathalie devenait incontrôlable. Alicia voulut lui prêter main forte mais sa femme se débattait comme une furie. Finalement, Alicia sortit de la pièce et appela à l'aide. Aussitôt, deux infirmiers arrivèrent. Ils firent sortir les deux femmes et attrapèrent leur patiente. Après l'avoir mise sous sédatif, ils la couchèrent. Alicia et Brigitte Chalmet restèrent quelques minutes au chevet de la patiente. Alicia caressait sa joue avec douceur, les mains tremblant légèrement. Il était difficile pour elle de la quitter et c'est à contrecœur qu'elle dut sortir de la chambre.

— Que s'est-il passé ? demanda Alicia, tandis qu'elles quittaient la clinique.

— J'ai tenté de comprendre quel sort avait été jeté sur votre femme. Il en existe de multiples qui font perdre la raison, certains vous enferment dans votre corps mais votre conscience est toujours présente, d'autres vous rendent fous pour le reste de vos jours. Quoi qu'il en soit, ce sont de puissants sortilèges que seules quelques sorcières maîtrisent. Celui-ci est extrêmement complexe.

— Mais elle vous a répondu ! s'écria Alicia. Elle est bien là, quelque part !

— Je crains que ce ne soit pas aussi simple… Le sort est puissant et cruel. C'est un lent processus. La conscience de Nathalie est bien là, quelque part mais elle s'affaiblit de jour en jour. Votre femme sait qu'elle est enfermée dans un corps qui ne répond plus et elle devient folle au fur et à mesure du temps qui passe. Son âme, ou appelez ça comme vous voulez, s'étiole petit à petit, comme du sable qui glisse entre vos doigts.

— Vous pouvez faire quelque chose ?

— Je peux essayer. Mais cela va me demander quelques recherches et du matériel.

— J'ai les moyens.

Brigitte Chalmet éclata de rire.

— Ma chère, je suis une très vieille sorcière. Votre geste est bien gentil mais j'ai les ressources qu'il faut, ne vous inquiétez pas. Laissez-moi quelques temps et je vous recontacterai. Je ne peux rien vous garantir, surtout ne croyez pas que je vais guérir votre femme ! Mais j'essaierai.

— Et pour la fille de Sonia, pouvez-vous nous aider ?

— C'est une autre histoire… Vous me demandez beaucoup, vous savez. Néanmoins, je suis de nature curieuse voire aventureuse, mais quelle sorcière ne le serait pas ? dit-elle en souriant.

Mais je vous le répète Alicia, cette aventure ne peut être que dangereuse.

CHAPITRE 13

La pluie cessa enfin quand le train de Sonia arriva en gare de Montparnasse. Samedi midi. Encore un week-end à Paris. Mais pour revoir Brigitte Chalmet. Une nouvelle sorcière dans sa vie. Décidément…

La jeune femme se sentait devenir de plus en plus pessimiste et aigrie. Cela ne lui plaisait pas mais elle n'arrivait pas à combattre ses sentiments. Elle ne voyait plus son propre psychologue depuis quelques semaines. Elle voulait tout abandonner, sans savoir vraiment pourquoi. Brigitte Chalmet était sa seule piste pour retrouver Johanna. Et une piste bien mince… Sonia prit le métro jusqu'au domicile des Herbert. Cette fois-ci, ni Jean ni Damien ne pouvaient être là. Ce serait une rencontre entre femmes.

Quand Alicia lui ouvrit la porte de l'appartement, Sonia fut assaillie par une odeur de fleurs fraîches. La professeure s'en aperçut et lui glissa que Brigitte Chalmet laissait ce sillage partout où elle passait. La vieille sorcière était là, assise dans le salon, les attendant patiemment en sirotant un verre de vin blanc. Elles passèrent toutes les trois à table. Alicia leur avait préparé un gratin végétarien et une mousse au chocolat maison. Elle leur indiqua qu'elle n'avait pas l'habitude de faire la cuisine, surtout depuis que Nathalie était internée. Mais le déjeuner fut délicieux. Chacune semblait attendre que l'autre prenne la parole sur le sujet qui les préoccupait. Mais aucune n'osait le faire. Sonia ne dit rien une bonne partie du repas, anxieuse. A l'heure du dessert, les langues se délièrent. Ce fut Brigitte Chalmet qui parla la première :

— Veuillez m'excuser si je n'ai pas encore pris la parole mais je trouve que les déjeuners se prêtent mal aux discussions sérieuses. Enfin, parlons, il est temps ! Nous avons plusieurs choses à voir ensemble. Commençons par le sort jeté à Nathalie, voulez-vous. Bien que je n'en saisisse pas tous les ressorts, c'est un sortilège que je rencontre pour la première fois. Je comprends maintenant mieux comment il fonctionne. Malheureusement, chère Alicia, Nathalie risque d'être définitivement perdue dans quelques mois.

A ces mots, l'intéressée resta impassible. Seul un léger tremblement de sa main vint la trahir.

— Je suis profondément désolée. Ce que je vais vous dire est très dur à entendre mais... Je ne peux pas annuler ce sort. C'est au-delà de mes capacités.

— Mais je ne comprends pas ! Vous êtes supposée être puissante et... explosa Alicia.

— Je vous en prie, la coupa Brigitte. Ne remettez jamais en cause mes pouvoirs ! La Sorcières des Montagnes est devenue bien trop forte ! Ce sortilège est une de ses créations. Votre femme est maudite. Rien n'y changera. Seule la lanceuse du sort peut l'annuler. Mais je peux cependant faire quelque chose. Ecoutez-moi. Je peux vous aider à contacter Nathalie, le peu de conscience qui lui reste, perdu au fond d'elle-même. Je peux le faire ressurgir.

— Expliquez-moi, demanda Alicia.

— Vous pourrez parler avec elle, en toute lucidité. Mais cela ne marchera qu'une seule fois.

A ces mots, un lourd silence tomba sur la pièce.

— N'y a-t-il vraiment pas d'autre moyen ? Même une simple tentative, un essai ? implora Sonia.

— Non.

— Une seule fois… murmura Alicia d'une voix blanche. Une seule fois…

— Je ne peux faire plus.

— Combien de temps pourra-t-elle être lucide ?

— Un quart d'heure, tout au plus.

— C'est si peu, dit Sonia.

Les trois femmes se turent. Alicia semblait perdue, ratatinée dans son fauteuil. Elle se rendait compte qu'elle avait espéré bien plus. On ne lui offrait qu'un adieu. Intérieurement, elle hurlait. De son côté, Sonia était bouleversée. Elle ne savait quoi dire pour réconforter Alicia. La sorcière laissa ses deux compagnes dans leurs pensées quelques instants, but une gorgée de café et reprit la parole.

— Nous avons un autre sujet qui nous préoccupe. Votre fille.

Brigitte fixa Sonia de ses étranges yeux verts. La psychologue déglutit. Quelle mauvaise nouvelle allait encore tomber ?

CHAPITRE 14

— Avant toute chose, dit Sonia, je sais, je sens que Johanna est vivante. J'ai plusieurs fois eu de drôles de sensations comme si on m'épiait et Johanna maîtrise le voyage astral. J'ai un fort pressentiment, je sens que c'est elle. Peut-être qu'elle est prisonnière quelque part et…

— Votre fille n'est pas retenue prisonnière par Ambrosia, la coupa Alicia. La sorcière l'a piégée et Johanna l'a suivi de son plein gré. Je pense qu'elle est plutôt son apprentie ou quelque chose de ce genre. Je sais que vous avez du mal à y croire mais c'est ainsi.

Sonia se renfonça dans son siège et croisa les bras.

— La Sorcière des Montagnes aime à s'entourer d'adeptes, ajouta Brigitte Chalmet. De tout temps, elle a créé des cultes, des cours… Elle est puissante mais ne peut amasser du pouvoir seule. Il lui faut plusieurs sources.

— Comme les femmes qui tuaient pour elle ? demanda Alicia. Nous en avons rencontré, ou plutôt Sonia a eu à faire avec une de ces adeptes. Et Johanna avait manqué de se faire enlever déjà. Je vais nous chercher de l'eau, je reviens.

Alicia quitta le salon pour la cuisine. Sonia n'avait plus envie de parler. Au fond d'elle, elle savait que Johanna était partie sans regard en arrière mais la vérité était trop douloureuse. Il était plus simple de croire que la Déesse Hibou l'avait enlevée et la retenait quelque part. Brigitte Chalmet reprit la parole.

— Personne ne sait où se trouve Ambrosia. C'est un fait. Elle a une base, un QG quelque part mais elle a toujours su le cacher. On dit aussi qu'elle en change régulièrement. Elle sait que sa puissance attire les convoitises et que même si personne n'a encore osé s'attaquer à elle, elle reste prudente. Je ne peux pas la localiser grâce à la magie, je suis désolée. Par contre, notre amie Alicia, avec son réseau, peut trouver des pistes de sa présence sur Terre. C'est le premier point. Deuxièmement, pourquoi avoir emmené Johanna avec elle ? Parce que j'ai cru comprendre que votre fille, malgré son très jeune âge, était déjà très puissante. Nathalie a commencé son apprentissage mais la Sorcière des Montagnes a voulu prendre le relais. Ce qui est tout à fait normal. Mieux vaut avoir Johanna de son côté que comme potentielle sorcière ennemie. Elle aurait très bien pu la tuer, après tout… Mais elle a décidé de la prendre sous son aile.

— Elle a besoin de Johanna, intervint Alicia en posant son café sur la table basse. Vous l'avez dit Brigitte, Ambrosia a des besoins et le pouvoir de Johanna doit lui servir à quelque chose.

— Très bien, dit enfin Sonia. Admettons que vous ayez raison. Comment cela va-t-il nous servir à retrouver ma fille ?

— Vous savez au moins qu'elle est vivante, dit Brigitte Chalmet. Ambrosia n'a aucune raison de vouloir la tuer. Au contraire, elle est sous sa protection.

— Et cela doit me rassurer ? ironisa la psychologue. Johanna n'a que cinq ans ! Cinq ans ! Et elle est seule avec cette sorcière, dans un monde… Je ne sais même pas où !

— Ecoute Sonia, j'ai quelque chose d'important à dire, dit Alicia en se levant. J'ai des contacts medium qui ont affaire avec Ins Gehaïth. La Cavalière Pâle y rôde de nouveau. Mais elle n'est plus seule. Elle est accompagnée par une adolescente.

— Cela ne peut pas être Johanna, elle n'a que cinq ans.

— Certaines méthodes d'apprentissage de la magie peuvent avoir des effets secondaires, expliqua Brigitte Chalmet. La magie joue beaucoup avec le temps. J'ai peut-être l'apparence d'une femme de 80 ans mais je suis en réalité bien plus vieille, vous le savez. Parce que je sais maintenant comment contrôler le temps qui passe… Mais jeune sorcière, c'était autre chose ! J'ai commencé mon apprentissage vers mes vingt ans et j'ai vieilli de vingt ans en une nuit. Nous, sorcières, nous accédons à des savoirs dangereux et interdits au commun des mortels. Cela n'est pas sans conséquence.

— Vous voulez dire que Johanna est passée d'une gamine de cinq ans à une adolescente ? demanda Sonia dans un souffle.

— C'est fort possible. Ce qu'on a rapporté à Alicia me paraît crédible. Cela confirme que Johanna est en train de devenir une sorcière confirmée et elle apprend auprès de la plus puissante !

— Mais pour quels desseins ? Nous savons qu'Ambrosia a tout d'un démon ! Je ne veux pas que ma fille devienne une femme cruelle comme elle. Je… je… Comprenez-moi ! Comment je peux accepter ça sans rien faire ? Dites-moi ! On peut forcément faire quelque chose. Je veux récupérer ma fille !

— Nous avons un début de piste après tout, répondit Alicia. Nous savons qu'elle retourne régulièrement à Ins Gehaïth mais il faut découvrir pourquoi. Mes contacts me disent que les âmes du Pays de l'Autre Côté s'agitent. C'est forcément lié. Que recherche-t-elle ?

— Je pense pouvoir vous aider, dit Brigitte Chalmet. Je ne mettrais pas les pieds là-bas pour tout l'or du monde et je n'ai pas envie de vous y envoyer. Mais je peux moi-même interroger quelques connaissances... J'ai mes propres réseaux, vous savez, dit-elle en souriant.

La jeune femme quitta Paris le cœur lourd. Arrivée chez elle, elle prit à peine le temps de se déshabiller et appela Jean.

— J'ai passé une journée difficile, annonça-t-elle. J'ai vu Alicia et Brigitte Chalmet... mais je t'en parlerai plus tard, j'ai des choses à digérer. C'est compliqué... J'avais besoin de t'entendre. T'es un peu mon phare dans tout ce bordel, tu sais ? Raconte-moi ta journée.

— Ecoute ma belle, on était en déplacement à Deauville aujourd'hui. Je traîne vraiment dans des coins luxueux, tu verrais ça !

— Bah, c'est ce qui t'a toujours plu. Je suis contente pour toi. Ils te laissent faire autre chose que des photocopies, dis-moi !

— Mais oui, rit Jean. Je suis en alternance, je suis pas un stagiaire en observation. Ils sont bienveillants, j'ai un patron exigeant mais il m'aiguille bien, tu vois. Non, franchement, c'est cool. Je suis ravi.

— Et dans ton cagibi ?

— Oh, ça va. C'est pas si petit. Mais tu connais la vie à Paris... Je mange souvent avec une fille de mon boulot le soir. Elle m'a présenté à ses potes, je commence à me faire des amis, tu vois. Je me fais mon trou.

— Aurac ne te manque pas ?

— Non, à vrai dire. Je me sens bien ici, j'ai l'impression de vivre enfin pleinement les choses. Comme si j'avais été bridé toutes ces années. Mais il me manque quand même quelqu'un, ma belle.

— Oh arrête ! Avec tes nouvelles amies, tu vas m'oublier très vite, le taquina Sonia.

— Jamais ! S'offusqua Jean.

— Je suis contente de te parler, vraiment. J'avais besoin d'un peu de réalité, de trucs sans sorcière...

— Tu vas faire quoi ce soir ?

— Je sais pas, mettre un film et somnoler devant avec Chanel.

De fil en aiguille, les deux amis discutèrent plus d'une heure. Ils parlèrent de chats, des réseaux sociaux sur lesquels Sonia n'allait pas, un peu de l'actualité. Malgré les terribles nouvelles de la journée, la jeune femme s'endormit moins triste.

CHAPITRE 15

Une fois les verres servis, les trois amis trinquèrent. Jean prit de grandes gorgées de bière tandis que Damien et Sonia sirotèrent leur whisky. La psychologue avait mis les petits plats dans les grands pour accueillir son meilleur ami tout le week-end à Aurac. Ils avaient passé l'après-midi en ville à se faire plaisir entre shopping et hammam. Sonia avait été prise d'une fièvre acheteuse. Arrivés à l'heure de l'apéritif, elle avait convié Damien à les rejoindre pour une soirée pizza. Sonia avait mis au courant ses amis des dernières nouvelles. La métamorphose de Johanna en adolescente était la plus dure à accepter. Mais ce soir, il n'était pas question de se morfondre, Sonia passait une bonne journée, la meilleure depuis le début de cette sombre histoire. Rapidement, elle ne sut plus combien de verres elle avait bu ni combien de cigarettes elle avait fumé. Son téléphone portable affichait pas loin d'une heure du matin, il était temps de calmer le jeu. Assise dans le canapé, la jeune femme se servit une part de pizza froide qu'elle fit passer avec un grand verre d'eau. Jean buvait toujours des bières et Damien avait ralenti le whisky, voyant le niveau de la bouteille descendre à toute vitesse. Le détective se permit de baisser la musique, afin de ne pas déranger les voisins. La fête se terminait tranquillement. Affalé dans le canapé à côté de Sonia, Damien prit la parole.

— Tu te souviens Sonia, je t'avais parlé de cette femme dont j'ai refusé l'affaire… Une qui était poursuivie par une ombre.

— Oui, oui, répondit faiblement Sonia, s'assoupissant.

— Je l'ai rappelée.

— Ah, voilà qui m'intéresse, intervint Jean. Une bonne histoire avant d'aller au lit.

— Tu ne vas pas être déçu mon ami ! Cette femme donc, doit avoir vingt-cinq ans. Elle fait partie d'un club de chasseur de fantômes.

A ces mots, Sonia se redressa.

— Elle et sa clique sont allés dans une maison hantée et depuis ils sont persuadés d'être épiés et pourchassés par des ombres. Et vous ne devinerez jamais dans quelle maison ils ont été mettre les pieds ! Chez les Marlaud !

— Arrête Damien, tu déconnes ! s'écria Sonia. J'ai une patiente qui vient d'arriver chez moi avec la même histoire ! Elle s'appelle Rose. La vingtaine, une gothique.

— Ah oui, ma cliente m'a parlé d'elle. Ils étaient quatre. Ta Rose, ma cliente qui s'appelle Marie et deux mecs : Fabien et Marc. Tous entre vingt et vingt-cinq ans. Et tous flippés maintenant.

— Racontez-moi tout, c'est incroyable cette coïncidence ! demanda Jean.

— Notre petit groupe a exploré la maison, expliqua Damien, sans rien trouver au rez-de-chaussée mais à l'étage, ça s'est gâté.

— Des soupirs, des ombres qui bougent, continua Sonia. Et depuis le sentiment d'être épié, surtout la nuit.

— C'est ça, conclut Damien.

— Mais il s'est passé quoi dans cette maison ? demanda Jean.

— L'affaire Marlaud ou Marlaud le Fou, commença Damien. Il y a quelques années, les flics d'Aurac étaient sur les dents à cause d'un tueur en série. Deux meurtres identiques sur les bras : deux femmes assassinées après des relations sexuelles plutôt hardcore et glauques. Draps noirs, bougies, pentacles… Vous voyez le truc. Tuées toutes les deux à l'arme blanche, chez elles. Les voisins ne nous ont pas beaucoup aidés, personne n'avait rien vu ni rien entendu. Bref. Un soir, un appel d'une femme aux pompiers, elle ne fait que répéter une adresse en boucle puis ça coupe. Le commissariat est prévenu. Tout le monde débarque. On a découvert le corps de la femme dans la cuisine, une boucherie. Une trentaine de coups de couteau, le mec s'était acharné. Lui, on l'a trouvé verrouillé dans son bureau, à l'étage. Il menaçait de se suicider. Finalement, enfonçage de porte, arrestation du gars sans trop de mal. C'était Mathieu Marlaud et la victime, sa femme. L'enquête a démontré que Jeanne Marlaud avait découvert le secret morbide de son mari et menaçait de le dénoncer. C'est pourquoi il l'a tué. Dans son bureau, ce fut plutôt rapide : les preuves de ses meurtres étaient toutes là. Le gars avait sombré du côté obscur avec l'énième fausse couche de sa femme. Il était persuadé que des sacrifices de femmes dédiés à Satan feraient de lui un heureux papa. Au procès, ils ont plaidé la folie mais ça n'a pas été retenu.

— Et la maison est hantée ?

— Oui, réputée hantée par des forces démoniaques que Marlaud aurait réussi à invoquer. Sans compter la mort horrible de son épouse… La maison, plutôt isolée, près d'une zone industrielle, n'a jamais retrouvé preneur.

Elle a rarement été squattée, ce qui a aidé à sa réputation de baraque hantée.

— Et donc tu as accepté finalement le cas de Marie, dit Sonia. Qu'est-ce qui t'a fait changer d'avis ?

— Quelques jours de réflexion. Je me suis dit que si je ne m'occupais pas d'elle, elle finirait chez les fous. Et que merde, vu ce que j'avais vécu, il était fort possible que cette femme ne soit pas folle mais bien harcelée par des ombres.

— Rose essaye de prendre beaucoup de recul par rapport à cette histoire, elle tente de rationaliser les choses mais c'est difficile pour elle.

Sonia réprima un bâillement.

— Je suis désolée mais j'ai trop bu, je tombe de sommeil.

— Je vais appeler un taxi, dit Damien en se levant. C'était une chouette soirée en tout cas. Et Sonia, on se tient au courant pour cette affaire.

Quand Jean se glissa sous la couette près de Sonia, celle-ci ronflait comme un bûcheron. Il sourit et se fit une petite place dans le grand lit. Ils n'avaient pas dormi ensemble depuis la fac mais Sonia l'avait supplié de partager son lit avant de s'effondrer. Elle sentait le tabac froid et l'alcool. Jean eut du mal à s'endormir mais il était hors de question de quitter son amie pour le canapé. Il aimait sa vie à Paris mais Sonia lui manquait terriblement. Sans parler de Johanna.

CHAPITRE 16

— Encore un voyage très instructif, dit la Cavalière Pâle en descendant de son cheval famélique.

A ses côtés, Johanna descendit de l'Hümin et mit le pied sur la terre poussiéreuse de la cour. Au-dessus d'elle le ciel était d'un noir profond, sans aucune étoile. Les deux montures s'éloignèrent puis disparurent dans un nuage de fumée. Ambrosia reprit son apparence habituelle, ses cheveux noirs redevinrent blonds tandis que sa taille s'affinait et son cou gracile s'allongeait dans un concert de craquements. Ses vêtements en lambeaux furent remplacés par une grande robe de satin blanche cachant tout son corps. Elle ouvrit une porte et s'engouffra dans un couloir sombre. Johanna la suivit en trottinant. Vêtue d'une simple robe de lin bleue et de sandales de cuir usé, elle se demandait quand viendrait le temps où elle aurait le droit de choisir ses propres habits.

Les deux femmes parcoururent le bâtiment jusqu'à une grande salle décorée de bronze et d'or. C'était un des nombreux petits salons qu'affectionnait Ambrosia. Meublé de canapés et de fauteuils moelleux, elle aimait s'y délasser et parler avec Johanna. Elle invita cette dernière à s'asseoir et se dirigea vers un petit guéridon sur lequel une prêtresse venait de poser une théière fumante et deux tasses. La sorcière servit le breuvage chaud et le tendit à Johanna. Celle-ci attendit patiemment que sa maîtresse s'installe. Quand, enfin, Ambrosia trempa ses lèvres dans l'infusion, Johanna s'y autorisa à son tour.

— Alors que penses-tu du Pays de l'Autre Côté ma fille ? demanda la sorcière.

— C'est un endroit dangereux mais je commence à en comprendre le fonctionnement.

— Ne sois pas présomptueuse, personne ne sait comment fonctionne Ins Gehaïth. Tu as simplement compris que cette terre était régie par le chaos et la folie. Ce qui est déjà une bonne chose. Il faut surtout savoir quelles sont les âmes mortes que tu recherches.

— Puis-je vous poser une question ? demanda timidement l'adolescente.

— Dis-moi.

— Qu'est-ce qu'est devenu Alex ? L'ancien amour de ma mère ?

— Oh ! rit Ambrosia. Il erre, maudit, à Ins Gehaïth, seule âme pourvue de toute sa raison. Je pourrais lever sa malédiction, tu sais, j'en ai le pouvoir…

— Alors pourquoi ne pas le faire ?

— Parce qu'il ne m'intéresse plus. Mais si tu te sens si concernée par ce pauvre homme, nous pourrons le trouver et tu pourras le revoir de nouveau. Mais à quoi cela te servirait ? Il faut savoir laisser filer le passé. C'est une grande leçon que tu vas apprendre Johanna. Tu es une puissante sorcière en devenir, c'est là-dessus qu'il faut te concentrer. Je sens que tu as plein de questions en tête... Mais je ne peux répondre à toutes. Alors choisis judicieusement.

Par réflexe, Johanna mit des barrières mentales. Hors de question de laisser sa maîtresse pénétrer dans son esprit. Sentant la manœuvre de son élève, Ambrosia eut un petit sourire. L'adolescente se concentra quelques instants, réfléchit puis se lança.

— Pouvez-vous m'expliquer ce que nous cherchons ? Ce Miroir de Tetlös ?

— Je vois que tu as fait preuve d'une grande patience. J'attendais cette question beaucoup plus tôt. Tu sais que pour certains sortilèges, certains rituels, tu as besoin d'objets magiques. Je ne t'apprends rien. Vois-tu, j'ai besoin de ce miroir pour un grand rituel. L'histoire est très intéressante. Il aurait été fabriqué par un moine fou nommé Tetlös sur les rivages du fleuve Nemer, au fin fond d'une dimension oubliée. Sa particularité est d'être poli des deux côtés. C'est un objet chargé d'une magie puissante, cet homme y a mis toute son âme, sa personne, même sa chair et son sang.

— Pourquoi dit-on qu'il était fou ?

— Après avoir fini son œuvre, il a massacré tous les autres moines et a mis le feu au monastère. Ce sont des villageois voisins qui ont éteint l'incendie et trouvé les corps des religieux. Il manquait celui de Tetlös mais son miroir était là. Les villageois y voyant un objet maléfique, ont tenté de le détruire mais en vain. Ils l'ont jeté dans le fleuve et l'on oublié. Mais l'histoire s'est répandue et de nombreuses sorcières se sont mises à sa recherche. Il est passé de main en main, jusqu'à ce qu'on perde sa trace. Voilà quelques temps que je le cherche moi-même à travers les dimensions. Ma quête m'a conduite à Ins Gehaïth.

— Il est là-bas ?

— Non. Mais les personnes qui l'ont vu pour la dernière fois, oui. Voilà pourquoi tous ces interrogatoires. Une fois le miroir en ma possession, je pourrais faire le rite que je prépare depuis des années. Et tu vas m'y aider.

— Mais comment ?

— Continue d'étudier, de t'entraîner. C'est tout ce que je te demande pour le moment. Quand le temps sera venu, je t'expliquerai ton rôle et celui du Miroir de Tetlös. J'attends surtout de toi que tu travailles sur l'ubiquité.

— Pourquoi ?

— Parce que je te l'ordonne.

La voix d'Ambrosia s'était faite sèche et impérieuse. Les questions de Johanna avaient eu raison de sa patience. La jeune fille baissa les yeux puis finit sa tasse en silence. La sorcière reprit la parole.

— Tu veux toujours devenir une puissante sorcière Johanna ?

— Oui, répondit-elle tout bas.

— Alors fais ce que je te dis.

CHAPITRE 17

Rose se tenait devant Sonia, enfoncée dans son siège. Elle venait d'arriver et semblait très nerveuse. Elle ne cessait de se tordre les mains. Son maquillage noir la rendait encore plus pâle. La jeune femme commença la séance en sanglotant. La nuit précédente, elle avait fait de nombreux cauchemars où des ombres l'engloutissaient. Elle était épuisée, à fleur de peau. Son médecin avait dû la mettre en arrêt de travail.

— Je ne sais plus quoi faire, madame Saint Erme. J'essaie constamment de prendre du recul mais je crois qu'il faut que j'accepte la vérité en face : il s'est vraiment passé quelque chose dans cette maison et ça nous poursuit. C'est démoniaque. Je ne sais pas ce que Marlaud avait invoqué mais c'est toujours là-bas. C'est ça ou je suis complètement folle ! Je ne sais pas ce qui est le pire !

— Rose, je vous crois quand vous me parlez de ce que vous avez vécu. Je vous crois. Je sais que vous voyez ces ombres, que vous vous sentez surveillée.

— Vrai… vraiment ?

— Oui. Mais dites-moi, comment réagissent vos compagnons ?

— Les gars ne parlent pas. Ils font comme si rien ne s'était passé mais on se voit moins et ils ne répondent plus forcément au téléphone. Je pense qu'ils se voilent la face. Marie, elle est comme moi. On se parle souvent. Elle… Elle a engagé un détective privé pour qu'il la suive et lui confirme que des ombres sont après elle. Elle pense que je ne devrais pas voir un psy, qu'on n'est pas folles.

Calmée mais les yeux toujours humides, Rose continua à parler de Marie, de leur relation, de leur passion commune pour le paranormal et l'urbex. Une demi-heure plus tard, elle quitta le cabinet apaisée et fatiguée par la séance.

Sonia verrouilla son bureau vers 20h. Ses collègues étaient déjà parties. La psychologue s'alluma une cigarette sur le trottoir et appela Damien Mirisse.

— Allô Damien ? Cinq appels en absence ! Tu sais qu'il m'est difficile de répondre en journée, avec mes séances…

— Est-ce que tu peux passer chez moi ? J'ai des nouvelles de nos chasseuses de fantômes. J'ai passé deux jours avec ma cliente et… Bref, viens à l'appartement, je t'expliquerai.

Vingt minutes plus tard, Sonia était dans la cuisine de Damien, à surveiller le repas qui cuisait pendant qu'il étalait des photographies sur la table de sa salle à manger.

— Viens voir, lui dit-il.

Il lui désigna une photo en particulier. On y voyait une jeune femme de dos, dans une rue ensoleillée d'Aurac. Sonia prit le cliché et l'observa de plus près.

— Oh merde.

— Tu l'as vu, comme moi, hein ? Faut se concentrer un peu mais ensuite tu ne vois plus que ça. On le voit également à la loupe sur les autres photos, c'est sur celle-là que c'est le plus net.

Près de la femme, au niveau de ses épaules, on pouvait voir deux petites tâches noires, comme deux boules de fumée. En se concentrant un peu plus, d'autres formes sombres apparaissaient. Deux silhouettes encadraient Marie. Sonia reposa la photo et jeta un œil aux autres clichés. Damien était retourné dans la cuisine finir de préparer des spaghettis. Ils s'installèrent dans le salon. La baie vitrée leur offrait un beau panorama de la ville.

— On fait quoi ? demanda Sonia.

— De ton côté, ça donne quoi ?

— Rose n'en peut plus. Elle me raconte la même chose en boucle depuis plusieurs séances. Il faut faire quelque chose pour aider ces deux femmes. Et sans doute les deux hommes qui font l'autruche. Ils vont finir par péter un plomb.

— Honnêtement Sonia, je ne sais pas quoi faire. Ces deux femmes sont harcelées par des ombres, c'est un fait. Mais quelle est leur nature ? Des fantômes ? Des démons ? Je ne sais pas ce que Marlaud trafiquait chez lui... Et même, une fois qu'on a identifié ces choses, on fait quoi ? Un exorcisme ?

Sonia gratta sa main droite toujours gantée puis attacha ses cheveux.

— C'est con mais je ne vois pas d'autre solution.

— Et on le trouve dans l'annuaire ? Je n'ai pas encore de réseau de ce côté-là d'Aurac, si tu vois ce que je veux dire. On me prendrait pour un fou.

— Alors, on n'a pas le choix, on en parle à Alicia. Ou carrément à Brigitte Chalmet.

— On peut peut-être déjà faire un tour chez les Marlaud, voir si on trouve quelque chose...

— Hors de question que je mette les pieds là-bas. Je n'ai pas envie de me prendre des fantômes dans la gueule. Est-ce que je peux fumer sur ton balcon ?

Damien acquiesça et Sonia sortit.

— Demain j'appelle Alicia, dit finalement le détective. Et j'irai de jour sur place, faire un petit tour.

Cette nuit-là, Sonia rêva de silhouettes monstrueuses assaillant Johanna. Elle se réveilla vers 4h du matin, persuadée de ne pas être seule. Chanel dormait sur le tapis de la chambre. La psychologue prit la petite chatte avec elle dans le lit et la serra très fort. Rassurée par cette présence, elle se rendormit. Mais à la lisière de sa conscience, elle sentit une présence. Elle tenta de l'appeler. *Johanna ! Johanna !* Mais le sommeil eut raison d'elle. Au matin, elle fut prise par un terrible mal de tête.

CHAPITRE 18

Johanna ! Johanna !

L'esprit de l'adolescente recula. Son double astral fut aspiré vers le haut et elle réintégra son corps. Allongée dans la clairière secrète d'Ambrosia, Johanna ouvrit les yeux et se massa les tempes. Elle s'assit dans l'herbe fraîche et prit quelques instants pour revenir pleinement dans le présent. Épier sa mère devenait de plus en plus risqué, celle-ci s'était mise à percevoir sa présence. Mais pour sa fille, la tentation était trop grande. Surtout qu'elle pouvait maintenant voyager en toute tranquillité, sans prêtresse pour la surveiller. Johanna finit par se lever et se déshabiller. Elle plongea dans l'étang à l'eau noire et se laissa flotter à la surface. Le plafond qu'avait créé Ambrosia était singulier, noir comme la nuit, il était constellé de petites étoiles lumineuses. Johanna regardait sa silhouette qui ne cessait de l'émerveiller. Elle aimait ses longues jambes et sa poitrine naissante. Elle pouvait passer des heures dans le bassin, à écouter le silence. Cet endroit lui apportait la paix dont elle avait besoin. Sa maîtresse lui avait fait un magnifique cadeau.

Un jour, elle pourrait à son tour créer des endroits magiques, des refuges rien qu'à elle. Elle aimait sentir ses pouvoirs grandir. C'était une sensation difficilement descriptible, comme des fourmillements dans son cerveau quand elle accomplissait un sort avec succès. Comme des papillons dans le ventre quand Ambrosia manifestait sa satisfaction. A cette évocation, Johanna sourit. Elle serait une grande sorcière comme sa maîtresse. Elle la craignait autant qu'elle l'admirait. Au moins, cette femme la comprenait. Sur Terre, les autres enfants n'étaient pas comme elle et elle ne se sentait pas à sa place dans la cour de récré. Elle était considérée par tous les adultes comme une fillette, personne ne voyait le conflit qui faisait rage dans sa tête et dans son cœur, entre ses sentiments de petite fille et ses pouvoirs grandissants. Seule Nathalie, elle-même sorcière, avait fait preuve de compréhension. Nathalie… Johanna se demandait comment elle allait. Cette femme était gentille mais peu puissante comparé à elle. L'adolescente eut une bouffée d'orgueil et sentit le rouge lui monter aux joues.

L'image de sa mère endormie avec Chanel lui revint en tête. Maman. Il lui était très difficile de penser à elle, voire douloureux. Ses sentiments étaient très contrastés à son égard. Johanna eut les larmes aux yeux. Est-ce que sa mère lui manquait ? Non, ce n'était pas cela. Le souvenir de Sonia faisait naître en elle de la mélancolie, une douceur douloureuse qui se transformait souvent en migraine. L'épier relevait d'une curiosité presque malsaine. Elle avait l'impression de violer son intimité. Mais la tentation était si grande !

Perdue dans ses pensées, elle n'entendit pas la porte s'ouvrir ni Ambrosia entrer. La sorcière se déshabilla en silence et se glissa dans l'eau. Johanna fut surprise et aperçut furtivement le corps nu de sa maîtresse. Les tatouages de ses jambes lui firent une drôle d'impression, comme s'ils étaient couverts de moisissure. Elle se redressa et tourna le dos à Ambrosia. Celle-ci se mit à rire.

— Allons Johanna, tu peux te retourner, je suis complètement dans l'eau.

La jeune fille obéit mais garda le regard baissé. L'eau noire cachait pourtant entièrement leurs corps.

— Cela te gêne tant que ça ?

— Oui. Je ne sais pas pourquoi.

Ambrosia sortit les bras de l'eau, fit plusieurs signes de ses longs doigts et deux bulles d'eau sombre se formèrent dans la paume de ses mains. Elle joua avec comme deux balles puis les laissa tomber.

— A ton tour. Observe bien mes doigts et reproduis ce que je fais. C'est un tour très simple.

Les doigts d'Ambrosia reprirent leur étrange danse et Johanna les imita. Il lui fallut plusieurs tentatives mais au bout de quelques minutes, elle réussit également à créer deux boules d'eau avec lesquelles elle jongla en riant comme une enfant. Elle sentait de l'électricité dans ses mains, une chaleur douce et puissante. Johanna se mit à créer des boules de plus en plus grosses sous le contrôle de la sorcière.

— Tu vois, c'est très simple. Il te suffit d'utiliser les pouvoirs qui coulent dans tes veines. C'est très différent d'un sortilège ou d'un rituel, comme ceux que tu apprends dans mes grimoires. Mais il faut parfois s'amuser un peu. Sors maintenant, il est temps de manger.

Johanna remercia Ambrosia et regagna la terre ferme Elle enfila sa robe de lin et ouvrit la porte non sans jeter un regard en arrière. Mais le bassin était vide, Ambrosia avait disparu. Dans le couloir, une prêtresse l'attendait. Elle lui intima l'ordre de se dépêcher et Johanna grimaça en sentant l'esprit de la créature s'accrocher au sien. Elles prirent la direction des cuisines et Johanna put se restaurer. Elle se sentit soudainement très fatiguée. L'adolescente s'endormit sans mal dans son grand lit. Oubliée sa mère, oubliée la Terre, elle ne pensait qu'au nouveau tour qu'elle venait d'apprendre.

CHAPITRE 19

— Alors que savons-nous ?

Alicia Herbert avait posé la question sans vraiment attendre de réponse. Elle n'avait pas réuni beaucoup d'informations via son réseau et se sentait démunie.

— Je vous en prie, commencez, répondit Brigitte Chalmet.

Les deux femmes s'étaient réunies dans l'appartement de cette dernière afin de faire le point sur leurs recherches. Alicia soupira puis se lança :

— Pour ma part, je n'ai que peu de choses à vous dire... Des informations similaires me parviennent de plusieurs de mes contacts qui me font croire qu'Ambrosia bouge des pions. Autre point : la présence de la jeune fille à ses côtés que je soupçonne fortement et malheureusement d'être Johanna. En fait, j'en suis parvenue à la conclusion qu'Ambrosia s'agite, qu'elle a recueilli Johanna dans un but inconnu mais surtout qu'elle ne semble pas beaucoup venir sur Terre.

— Nous avons les mêmes conclusions. Il y a beaucoup d'agitations dans différents mondes ces derniers temps, en particulier à Ins Gehaïth. Elle s'y rend régulièrement d'après les médiums que j'ai pu contacter. Mais j'ai découvert pourquoi ! J'ai pu retracer un peu son parcours, voir qui elle avait interrogé, dans quelle région du Pays de l'Autre Côté elle s'était rendue. Votre réseau a beau être très large, nous parlons ici de magie puissante et ancestrale, beaucoup de choses vous échappent encore ma chère Alicia. Vous n'auriez pas pu découvrir ce que j'ai trouvé sans un peu de magie.

— Dites-moi tout !

— La Sorcière des Montagnes est en quête d'un objet légendaire, un artefact dont on ne sait même pas s'il a réellement existé. Le Miroir de Tetlös. C'est un miroir qui a la particularité d'être poli des deux côtés et qui a été fabriqué par un moine fou dans une lointaine dimension. C'est un objet chargé de mystère et de magie que beaucoup de sorcières ont voulu posséder.

— Dont vous-même ?

— Je mentirais si je vous disais n'y avoir jamais songé… Quand j'étais bien plus jeune, j'avais entamé quelques recherches, oui, mais je les ai vite abandonnées. Non pas devant l'ampleur de la tâche mais parce que j'ai fini par n'y voir que des chimères.

— A quoi sert ce miroir ? A un rituel ?

— Tout à fait. Même à plusieurs. Il est indiqué dans la réalisation de grands rites magiques. Il est passé de mains en mains, de sorcières en sorcières et chacune a pu en tirer un peu de pouvoir. Certains rituels sont parvenus jusqu'à nous mais ils restent très compliqués à réaliser. Et surtout mortels. Ce miroir se nourrit de sang et d'âme. On dit que le moine Tetlös y a été lui-même absorbé.

— Pourquoi Ambrosia en a-t-elle besoin ? Avez-vous une idée ?

— J'ai quelques pistes oui mais je vous en parlerai plus tard, j'ai encore besoin de faire quelques recherches. Cependant, si nous trouvons l'emplacement du miroir, nous trouverons Ambrosia et Johanna et c'est sans doute cela le plus important. Je vois que vous avez une expression chagrine Alicia. Reprenez un peu de thé.

— Je me demande en effet comment trouver ce miroir en peu de temps et avant Ambrosia, dit Alicia en prenant une gorgée d'infusion. Si elle a dû parcourir Ins Gehaïth pour en retrouver la trace, comment allons-nous faire ?

— Nous avons nous aussi de puissantes armes, Alicia. Votre réseau, le mien, mes pouvoirs... Cela nous a permis de découvrir la quête d'Ambrosia, cela nous a permis de savoir ce qu'était devenue Johanna ! Nous ne sommes pas démunies. J'ai la chance de connaître beaucoup de personnes et de créatures influentes et maintenant que je sais où chercher, la tâche sera plus facile.

— Vous allez y aller, c'est cela ? demanda Alicia d'une voix blanche.

— Rassurez-vous, je n'y mettrais pas les pieds.

Quand Alicia Herbert quitta son appartement, Brigitte Chalmet se laissa tomber sur un de ses moelleux canapés. Dans quoi s'était-elle embarquée ? Elle n'avait rien voulu dire à Alicia mais elle soupçonnait Ambrosia de vouloir réaliser un rituel que très peu de sorcières avaient pu réussir. Si elle avait raison, alors beaucoup de questions trouveraient leurs réponses. De tragiques réponses. Mais pour l'instant, il fallait avancer. La sorcière se releva et se dirigea vers un des murs de son appartement. Elle posa sa main sur le papier peint et récita une formule magique. Un passage s'ouvrit vers une petite pièce éclairée de nombreuses bougies. Elle était faite d'onyx du sol au plafond. Un autel encombré de petites figurines, de plantes, de fioles trônait dans le fond de la pièce. Au sol, un grand pentacle était dessiné à la craie blanche. Brigitte Chalmet prit soin de se déshabiller et se tint nue en son centre. Elle frappa des mains deux fois et les bougies s'éteignirent. La sorcière se mit à prier dans une langue gutturale et les tatouages qui recouvraient une grande partie de son corps se mirent à luire dans les ténèbres. Elle frissonna. D'un geste, elle fit apparaître une fiole d'eau noire dans ses mains, elle la but d'un trait. Secouée de spasmes, elle s'effondra sur la pierre froide.

Quand Brigitte Chalmet rouvrit les yeux, elle fut aveuglée par la lumière d'un soleil éternel. Allongée dans le sable rouge, elle se laissa quelques minutes avant de se relever. Elle claqua des doigts et s'habilla instantanément d'une longue robe blanche de lin léger. Dans sa main droite apparut un grand bâton de bois noueux. Elle regarda l'infini devant elle. A son tour de fouler le sol d'Ins Gehaïth.

CHAPITRE 20

Johanna était penchée sur un herbier depuis plusieurs heures. Elle lisait et relisait avec attention la description de chaque plante, ses propriétés, où les trouver… Ambrosia lui mettait une certaine pression dans son apprentissage, la jeune fille avait l'impression de devoir emmagasiner une quantité incroyable de savoirs en peu de temps. Cela lui paraissait impossible. Après ses heures de travail, elle s'endormait souvent la tête douloureuse. Sans compter les nombreuses sessions avec Ambrosia pour développer l'ubiquité. Johanna trouvait ce pouvoir à sa portée, elle le sentait, elle en était toute proche. Encore quelques exercices et enfin, elle aussi, pourrait se mouvoir dans deux endroits à la fois, comme Ambrosia.

Cette dernière interrompit sa jeune élève en entrant dans sa chambre. Vêtue d'une longue robe de satin noire, ses cheveux longs touchant ses chevilles, elle se dirigea vers Johanna le sourire aux lèvres.

— Enfin ! Johanna ! Enfin !

— Vous l'avez trouvé ? s'exclama l'adolescente.

— J'ai trouvé la dernière personne à l'avoir utilisé. Et nous allons lui rendre une petite visite.

— Nous retournons à Ins Gehaïth ?

— Oui, car vois-tu, cette sorcière est morte sur le bûcher en 1548 dans un petit coin perdu de ton cher pays natal. Mais je sais où elle erre maintenant. Tu vas faire de nouvelles découvertes.

Quand l'Hümin s'agenouilla pour faire descendre sa maîtresse, Johanna eut un frisson. Non pas de peur mais bien de froid. Bien que vêtue chaudement, comme ordonnée par sa maîtresse, elle ressentit le vent mordant de ce pays de glace qui s'étendait devant ses yeux. Derrière elle, à quelques mètres seulement, le soleil brûlait la terre d'un désert rouge. A ses côtés, Ambrosia sous l'avatar de la Cavalière Pâle, descendit à son tour de sa monture. Elles marchèrent quelques mètres en silence. Johanna aperçut enfin leur destination : un petit village d'igloos tassés les uns sur les autres au pied d'une colline. Les habitants sortirent un à un et vinrent à leur rencontre. Certains étaient humains, d'autres ressemblaient à des phoques contrefaits. Johanna déglutit à leur vision. Une très vieille créature, mi-homme, mi-phoque se présenta à Ambrosia comme étant le chef du village. La sorcière lui répondit qu'elle venait chercher une dénommée Ungründ. A ces mots, le chef recula d'un pas et baissa la tête comme s'il s'était attendu à ce que ce jour arrive. Il appela Ungründ d'une voix aigüe et malaisante. Une femme émergea d'un igloo, engoncée sous des couvertures de fourrure. Quand elle aperçut Ambrosia, elle se mit à fuir. Mais la sorcière réagit aussitôt et ses longs doigts s'agitèrent dans l'espace. La fuyarde fut stoppée net dans son élan et une force irrésistible l'amena aux pieds de la Cavalière Pâle. Celle-ci prit la parole.

— Ma chère Ungründ... Ou devrais-je t'appeler par ton vrai nom ? Marie Lherbier ? Pauvre sorcière. Tu vis cachée ici depuis tout ce temps, n'est-ce pas ? La dernière détentrice du Miroir de Tetlös...

— Pitié...

— De la pitié ? Mais n'aies pas peur, voyons. Je veux simplement savoir où tu l'as caché. Je sais qu'on te l'a confié mais que tu n'avais pas de pouvoirs suffisants pour t'en servir, sinon tu aurais sûrement échappé au bûcher. En parlant de pouvoir, tu n'en as plus aucun, n'est-ce pas ? Pauvre créature... Dis-moi ce que je veux savoir ou tu souffriras mille tourments.

— Pitié...

— Parle !

Johanna observait la scène. Elle trouvait Marie Lherbier méprisable. Ça, une sorcière ? Elle était si faible et si chétive. La jeune fille n'éprouvait que de la pitié pour elle. Une bouffée d'orgueil l'envahit. Elle releva la tête et bomba le torse. Aux côtés d'Ambrosia, elle se sentait forte.

— Parle ! reprit cette dernière, d'une voix ferme.

— Je vais tout vous dire mais ne me faites pas de mal.

— Je suis déjà trop patiente.

— J'ai caché le miroir dans une faille magique. Vous pourrez le faire apparaître à la pleine lune, au cimetière de Baltramont, en récitant ma formule.

— Que tu vas me donner tout de suite.

Marie Lherbier se redressa et s'approcha de la Cavalière Pâle, terrorisée. Elle lui murmura une étrange litanie qui dura quelques minutes puis se tut et se laissa tomber dans la neige en pleurant.

— J'ai longtemps cru à la sororité des sorcières mais pour certaines, avides de pouvoir, ce n'est qu'une plaisanterie. Laissez-moi retourner auprès des miens maintenant. Laissez-moi.

— Pourquoi dis-tu cela ?

— Vous n'êtes pas la première à me demander où se trouve le miroir.

— Mais je serai la seule à m'en servir, crois-moi…

— Méfiez-vous et…

— Ne me donne pas de conseils, insolente ! dit Ambrosia en lui assénant une gifle. Marie Lherbier s'effondra dans la neige et ses couvertures de fourrure laissèrent voir son corps. Celui-ci était marqué par d'innombrables coupures qui saignaient encore.

— Partons, dit la Cavalière Pâle en s'adressant à Johanna.

Celle-ci vit bien que sa maîtresse était contrariée. Vu les blessures encore fraîches sur le corps de Marie Lherbier, il semblait que quelqu'un l'avait déjà interrogée. Une autre sorcière recherchait le Miroir de Tetlös et venait de le trouver.

CHAPITRE 21

Brigitte Chalmet avait annoncé avoir de grandes nouvelles. Sonia était impatiente d'en savoir plus. Avec Damien à ses côtés dans le canapé, elle alluma son ordinateur et se connecta à Skype en quelques minutes. Le visage de Jean apparut en premier, puis celui de Brigitte Chalmet et d'Alicia, réunies dans l'appartement de cette dernière. La psychologue se sentait tellement impuissante face à la situation qu'elle dépérissait à vue d'œil. Elle fumait de plus en plus, ne se refusait plus de verre le soir après ses consultations et n'osait plus mettre un pied dans la chambre de sa fille. Elle trouvait un peu de réconfort auprès de Chanel. La petite chatte offrait une présence appréciable dans l'appartement vide. Mais Sonia avait l'impression que le temps passait à une vitesse folle sans que rien ne puisse changer. Johanna serait prisonnière de la Mère Première à jamais.

Aussi, quand Alicia avait proposé cette soirée en visioconférence, afin de donner de nouvelles informations, Sonia avait eu une bouffée d'espoir. En voyant tous les visages sur l'écran, elle reçut une vague d'amour et de soutien qui lui fit un bien fou.

— Bonsoir tout le monde ! commença-t-elle. Comment allez-vous ?

— Bien ma belle, et toi ? demanda Jean.

— Je vais bien, éluda Sonia. Et vous mesdames?

— Nous avons de grandes nouvelles à vous apporter, dit Alicia. Grâce à Brigitte, nous avons pu avancer.

— Dites-nous tout, demanda Damien.

— Je vais commencer, puis Brigitte complètera. Il se trouve qu'Ambrosia est à la recherche d'un puissant artefact : le Miroir de Tetlös. C'est un miroir poli des deux côtés qui permet notamment de réaliser certains rituels. Elle en a besoin pour l'un d'eux. Or Brigitte sait où il se trouve.

— Nous pourrions donc le voler à Ambrosia et l'échanger contre Johanna ? intervint Sonia.

— Euh non, répondit Alicia, gênée.

— Le fait est que ce miroir est caché dans une faille magique, précisa Brigitte Chalmet. On ne peut le faire apparaître que sous certaines conditions. Et celles-ci seront bientôt réunies. Je sais où nous devons nous rendre et quand. J'ai appris la formule pour le trouver mais Ambrosia doit également avoir ces informations. Nous ne pourrons pas le prendre avant elle. Cependant, nous serons au même endroit, au même moment. Vous pourrez donc voir Johanna.

— Mon Dieu, murmura Sonia.

— Mais pourra-t-on ne serait-ce que lui parler ? demanda Jean. Je veux dire, Ambrosia ne la laissera pas partir.

— Elle sera occupée avec son satané miroir, dit Sonia. Elle ne pourra pas tout faire en même temps. Je pourrais revoir Johanna… Et nous la reprendrons avec nous !

— Sonia, attention, ce que nous allons faire est risqué, tempéra Alicia. Un face-à-face avec Ambrosia, ce n'est pas rien… Oui, elle sera très attachée à son miroir mais elle gardera sûrement un œil sur ta fille.

— Il nous faut un vrai plan, dit Jean.

— Quand les conditions seront-elles réunies ? demanda Damien.

— Du calme, du calme ! dit Brigitte Chalmet avec force. Le plan sera simple : vous récupérez Johanna pendant que je m'occupe d'Ambrosia. Notre inconnue étant la réaction de votre fille. Je suis désolée Sonia mais d'après moi, il n'est pas sûr qu'elle veuille retourner avec vous, vous devez vous préparer à cette éventualité. Il faudra faire vite car je ne serai pas la plus puissante de nous deux et je ne compte pas me faire tuer. Je vous préviens tout de suite que si ça ne marche pas rapidement, je jetterai un sort de téléportation sur le groupe.

— Nous comprenons, dit Damien en coupant la parole à Sonia qui se renfonça dans le canapé.

— Maintenant, je vais vous expliquer où se trouve le miroir, reprit Alicia. La faille magique se trouve au cimetière de Baltramont, c'est dans le nord de la France. Il faut attendre la pleine lune et prononcer une formule magique pour le faire apparaître. La prochaine pleine lune est dans trois nuits. D'Aurac, vous avez cinq heures de route pour vous y rendre. De Paris, un peu moins. Est-ce que tout le monde est d'accord pour venir ?

Tous répondirent à l'unisson.

— Très bien. Dans ce cas, je vous propose que Jean, Brigitte et moi-même y allions de notre côté, Sonia et Damien du vôtre. Nous nous retrouverons directement à Baltramont. Nous nous mettrons en planque près du cimetière et nous attendrons qu'Ambrosia et Johanna arrivent. Nous agirons avant qu'elle ne prononce la formule.

Le reste de la discussion servit à peaufiner les détails. Alicia leur envoya à chacun une carte du village en leur indiquant où se retrouver et où se cacher. Leur plan était plus que dangereux mais ils ne pouvaient rien tenter d'autre. Tout ce qui importait à Sonia était de retrouver sa fille mais les mots de Brigitte Chalmet résonnaient encore dans sa tête quand elle s'endormit enfin.

CHAPITRE 22

Baltramont était un petit village de 200 âmes dans le nord de la France. Niché à flanc de colline, le cimetière se situait à l'entrée de la bourgade. Ceint de hauts murs de briques, il était fermé par une grande grille de fer forgé et verrouillée pour la nuit. Celle-ci était claire, quelques nuages paresseux cachaient parfois la pleine lune. Alicia, Jean et Brigitte Chalmet arrivèrent les premiers sur place. Ils se garèrent dans une rue déserte à l'entrée de Baltramont et se rendirent à pieds au cimetière. Brigitte Chalmet déverrouilla la grille grâce à une formule magique et le trio entra. La sorcière les dirigea vers la partie la plus ancienne où les tombes étaient en très mauvais état. Elle inspecta l'endroit, posa la paume de main dans la terre humide et déclara satisfaite que le miroir apparaîtrait à cet endroit précis. Il fallait attendre que la lune soit à son apogée pour réaliser le rituel. Sonia et Damien les rejoignirent une demi-heure plus tard. Tous se retrouvèrent dans le cimetière où Brigitte Chalmet leur fit un état des lieux. Jean avait trouvé un bosquet derrière lequel ils pourraient tous se cacher. L'attente allait être longue. Sonia était très anxieuse à l'idée de voir sa fille sous les traits d'une adolescente. Allait-elle la reconnaître ? Tassés derrière les arbres, Jean lui serrait la main en lui souriant, tentant de la rassurer comme il le pouvait. Alicia et la sorcière se tenaient un peu à l'écart, échangeant à voix basse.

Au bout de quelques heures, le groupe sentit de l'électricité dans l'air comme si un orage était imminent. A quelques mètres d'eux, à travers les arbustes, ils aperçurent un portail de lumière se former. Deux silhouettes en sortirent. L'une était celle d'une femme grande au cou très long et dont les cheveux blonds touchaient terre. L'autre était celle d'une jeune fille aux boucles brunes. Elles leur tournaient le dos. Jean serra un peu plus la main de son amie. Alicia sentit tous les muscles de son corps se tendre. Elle était partagée entre sa fascination pour Ambrosia qu'elle voyait pour la première fois sous sa vraie forme et sa haine de la sorcière pour ce qu'elle avait fait subir à sa femme. Seuls Brigitte Chalmet et Damien affichaient un calme déconcertant.

Les deux femmes firent quelques pas en avant puis Ambrosia leva ses bras vers le ciel. Sonia regarda Brigitte Chalmet puis Alicia, cherchant une aide ou une approbation, mais toutes les deux fixaient Ambrosia et ne firent pas attention à elle. Alors la psychologue prit une grande inspiration et sortit du bosquet. Jean n'eut pas le temps de la retenir et vit son amie s'approcher des deux silhouettes qui se retournèrent en l'entendant arriver. Le jeune homme retint un cri en voyant la jeune fille. Elle devait être âgée d'une quinzaine d'années, les yeux marrons, de larges boucles brunes similaires à celle de sa mère encadrant son visage rond. Il n'y avait plus trace de la fillette qu'il avait vue pour la dernière fois quelques mois auparavant. Il ne faisait pas de doute qu'il avait bien Johanna en face de lui, la ressemblance avec sa mère était flagrante. Cette dernière faisait face à sa fille. Le silence sembla durer une éternité. Ce fut Ambrosia qui le brisa.

— Ne la laissez pas seule ! cria-t-elle. Sortez tous !

Après un instant d'hésitation, Alicia fut la première à se montrer, puis Damien, puis Jean. Brigitte Chalmet sortit la dernière.

— Oh chère Brigitte, reprit Ambrosia, je me doutais bien que j'aurais à faire à une puissante rivale. Êtes-vous là pour le Miroir de Tetlös ou pour la jeune fille à mes côtés ? Combien d'années depuis notre dernière rencontre ? Vous étiez partie fâchée, il me semble…

— La Sorcière des Montagnes… répondit Brigitte Chalmet. Oui nous avons eu un petit différend, vous et moi… Mais je vois que vous avez fait votre chemin depuis.

— Oh mais j'ai suivi votre petite carrière avec attention de mon côté. Je ne suis pas insensible à vos pouvoirs et je pourrais même vous faire une proposition. Vous savez quelles puissances je pourrais appeler avec le Miroir... Vous connaissez les rituels que l'on peut réaliser avec cet artefact.

— Alors prenez-le et laissez-nous récupérer la fille.

— Non Brigitte, vous comprendrez aisément que j'ai besoin d'elle. Cette jeune sorcière dispose de pouvoirs incroyables, je la soupçonne même de devenir facilement plus puissante que vous.

Brigitte Chalmet ne répondit rien. Elle comprenait maintenant les desseins d'Ambrosia et cela la fit sourire.

— Vous avez compris, dit Ambrosia. Alors qu'allez-vous faire maintenant ?

— Et si nous demandions son avis à votre protégée ? Après tout, je suppose qu'elle...

Mais la sorcière n'eut pas le temps de finir sa phrase. D'un geste de la main, Ambrosia envoya sa comparse voler dans les airs et atterrir lourdement quelques mètres plus loin sur une tombe. Damien et Jean coururent la rejoindre. Elle était inconsciente.

Alicia faisait face à la terrible sorcière, pétrifiée. Toute sa haine et ses envies de vengeance ne lui servaient à rien en cet instant. La vieille femme était terrifiée. La forme même d'Ambrosia, son aura, l'empêchait de penser et de bouger. Dans sa tête tournait en boucle les images de Nathalie rendue folle. La sorcière planta son regard dans le sien. Alicia sentit des mains glacées pénétrer son cerveau, elle se mit à hurler en se tenant les tempes. A ses côtés, Sonia réagit et sans réfléchir, fonça sur son ennemie mais celle-ci l'arrêta d'un geste de la main. Alicia s'effondra à son tour sur la terre du cimetière. Ambrosia approcha à quelques pas de Sonia, suivie de près par Johanna. Paralysée, la psychologue vit sa fille se rapprocher d'elle et des larmes lui montèrent aux yeux. Ce n'était pas les retrouvailles qu'elle espérait.

CHAPITRE 23

A quelques mètres de là, Brigitte Chalmet reprenait ses esprits. Damien et Jean l'aidèrent à se redresser. La sorcière leur ordonna de rester là, à l'abri, tandis qu'elle se dirigeait vers Alicia, toujours au sol. Ambrosia ne lui prêtait pas attention, concentrée sur Sonia.

Celle-ci prit la parole avec difficulté.

— Johanna… Est-ce bien toi ?

L'adolescente regarda Ambrosia, attendant sa permission pour répondre. Ce geste glaça sa mère d'effroi. La sorcière lui indiqua son assentiment d'un signe de tête.

— Maman ?

— Ma chérie, mais tu as tellement grandi. Comment est-ce possible ? Je te reconnais mais tu as tellement changé. Tellement changé.

— Maman, que fais-tu ici ?

— Je suis venue te sauver.

— Me sauver ? Mais je n'ai pas besoin d'être sauvée.

A ces mots, le cœur de Sonia se brisa. Elle laissa les larmes couler abondamment sur ses joues. On l'avait pourtant prévenue.

— Johanna, rentre avec nous à la maison. S'il-te-plaît. Ta place est avec moi, à Aurac.

— Non, maman, je ne peux pas. Je suis devenue trop puissante pour rester avec toi. Tu comprends ? Je ne suis plus ta petite fille, je suis grande maintenant. J'ai des pouvoirs et ils grandissent chaque jour auprès d'Ambrosia. Je ne peux pas vivre avec toi comme une fille ordinaire. Je ne le pouvais déjà pas quand j'avais cinq ans. Ce n'est pas de ta faute. Ce n'est la faute de personne, tu sais.

— Mais Johanna, je suis sûre qu'on pourra trouver une solution ! Tu te souviens, tu apprenais avec Nathalie et ça se passait bien !

— Non, maman, Nathalie était gentille mais une piètre sorcière face à moi. Je suis déjà plus puissante qu'elle. Pourquoi n'est-elle pas avec vous, d'ailleurs ?

— Parce que... Tu ne le sais pas ? Tu ne sais pas ce que cette sorcière a fait à Nathalie ?

Intriguée, Johanna tourna son regard vers sa maîtresse, attendant une réponse. Celle-ci se contenta de hausser les épaules.

— Elle l'a rendue folle, reprit Sonia. Tu m'entends Johanna ? Cette femme est le mal incarné. Nathalie est folle, sa vie est terminée.

— C'est vrai ? interrogea Johanna.

— Il arrive qu'il faille faire quelques sacrifices, répondit Ambrosia, ennuyée par la tournure que prenait la conversation. Je n'ai jamais prétendu être un ange...

— Tu entends poussin ? Rentre avec moi maintenant ! S'il-te-plaît !

Johanna ne répondit rien. Ambrosia ne lui avait jamais dit pour Nathalie et ce mensonge lui fit mal. Mais sa dévotion pour sa maîtresse reprit rapidement le dessus. Après tout, qui était-elle pour connaître tous les desseins d'Ambrosia ?

Elle n'était que son élève, certainement pas son égale. Du moins, pas encore. Ambrosia lui apprenait à être une vraie sorcière, consciente de ses pouvoirs, maîtrisant sa puissance. L'abandonner pour cela... Finalement, elle s'adressa à sa mère d'une voix ferme.

— Non. Je ne rentre pas.

— Très bien, dit Ambrosia, passablement agacée. Maintenant que tout est dit, finissons-en! Johanna, tu connais ce sort, prends le relais.

Sonia sentit la pression se relâcher et ses muscles se détendre mais à peine eut-elle le temps de bouger un bras qu'elle se retrouva de nouveau paralysée. Johanna avait une main tendue vers elle et semblait concentrée, le regard planté dans le sien. La jeune femme la suppliait dans sa tête. Elle s'adressait à sa fille de toutes ses forces mais rien n'y faisait.

Derrière elle, Brigitte Chalmet relevait Alicia. La vieille femme se tenait la tête et les côtes. Elle rejoignit tant bien que mal les garçons qui étaient restés en retrait. Ces derniers accueillirent Alicia et la mirent à l'abri derrière eux. Sans pouvoir, Jean et Damien se sentaient impuissants face à la scène qui se jouait devant eux. Trop bouleversés par ce qu'était devenue Johanna et trop terrifiés par Ambrosia, ils ne savaient comment intervenir. Brigitte Chalmet leur adressa un sourire et se retourna, faisant face à Ambrosia.

CHAPITRE 24

Les nuages s'étaient écartés et la pleine lune éclairait la scène dans le petit cimetière. Johanna tenait sa mère en son pouvoir tandis qu'Ambrosia et Brigitte Chalmet se jaugeaient. Le temps sembla figé quelques minutes. Tous retenaient leur souffle.

Ce fut Ambrosia qui agit la première. Elle ferma les yeux une fraction de seconde puis son corps se dédoubla. Une seconde sorcière apparut à ses côtés puis se posta derrière elle. Tournant le dos à l'assemblée, elle leva les bras au ciel et se mit à réciter une étrange litanie. Des éclairs apparurent dans le ciel et au-dessus du cimetière, un brouillard violet prit forme. Brigitte Chalmet lança une attaque magique contre Ambrosia. Celle-ci hurla en sentant des dizaines de coupure sur son visage. Les joues en sang, elle poussa un cri de rage et riposta en envoyant une petite boule de feu sur son ennemie. Mais cette dernière esquiva d'un geste. La bataille ne faisait que commencer. Brigitte Chalmet savait qu'elle ne gagnerait pas. Elle tenta néanmoins de blesser son adversaire par plusieurs sorts.

Pendant ce temps, dans le brouillard qui flottait au-dessus du cimetière apparut un grand miroir encadré par de riches moulures argentées. Il lévita un instant puis se posa par terre avec douceur. La seconde Ambrosia s'avança vers l'objet qui était presque aussi grand qu'elle. Johanna lâcha sa prise et libéra Sonia.

— C'est trop tard, maman. Repars maintenant.

— Johanna, écoute-moi !

— Arrête ! cria l'adolescente en colère.

Brigitte Chalmet décida que le moment était venu pour eux de s'enfuir. Ambrosia était trop puissante et il ne valait mieux pas provoquer Johanna dont les pouvoirs étaient inconnus. La sorcière claqua trois fois des doigts et récita une formule magique. Damien, Jean, Alicia et Sonia disparurent avec elle au même instant, laissant

Ambrosia, son double et Johanna, seules dans le cimetière. Ils réapparurent à l'autre bout du village, dans un champ désert. Ils reprirent leur souffle et se tournèrent vers Brigitte Chalmet. Celle-ci ne dit rien. Ce fut Alicia qui prit la parole.

— Merci Brigitte.

— J'aurais pu encore essayer… murmura Sonia.

— Non, c'était inutile, dit Damien. Johanna a pris sa décision. Je suis désolé.

— Damien a raison, renchérit Jean. Notre Johanna est partie.

A ces mots, Sonia se mit à pleurer. Son meilleur ami la prit dans ses bras et elle se laissa aller. Cette jeune fille était bien Johanna, elle avait ses traits. Mais où était passé l'innocence de sa petite fille ? Celle-là n'avait pas voulu la suivre et avait même jeté un sort contre elle. Depuis qu'elle avait disparu dans les bras de la Déesse Hibou, Sonia ne cessait de penser à Johanna, de chercher un moyen de la retrouver et de la ramener. Tout s'était effondré en quelques minutes. Johanna l'avait rejetée et affirmé son allégeance à Ambrosia. Sonia réalisait qu'elle avait perdu sa fille.

Dans le cimetière, le calme était revenu. Ambrosia s'approcha du Miroir de Tetlös et sourit. Qu'importe qu'ils se soient échappés, son but était atteint. Son double réintégra son corps. Elle regarda Johanna avec admiration, la petite s'était bien débrouillée et sa loyauté était admirable. La sorcière était satisfaite. Elle fit signe à la jeune fille de prendre le miroir et traça des signes dans l'air pour faire apparaître un nouveau portail. Les deux femmes le traversèrent. Le cimetière retrouva son calme.

CHAPITRE 25

Alicia proposa de partir sans plus attendre et de faire une halte chez elle à Paris. Le voyage fut long et silencieux dans les deux voitures, le groupe était sous le choc. Ils arrivèrent chez Alicia au petit matin. Personne n'osait parler. Les yeux rougis et le visage creusé, Sonia prit finalement la parole.

— Et maintenant ? Personne n'ose rien dire parce que tout ceci fut un lamentable échec. Ambrosia a son miroir et elle a Johanna ! Nous avons tout raté ! Et qu'avons-nous appris ? Rien ! On ne sait pas ce que cette sorcière nous prépare. Quant à ma fille… Je l'ai complètement perdue. Vous m'aviez prévenue, Brigitte, mais au fond de moi, j'espérais tout de même la ramener avec moi.

— Et c'est normal, répondit la sorcière. C'est normal d'espérer, ce sont des sentiments humains. Malheureusement, je connais assez

Ambrosia pour savoir que Johanna lui était toute acquise. Quand j'ai su pour sa transformation en adolescente, je soupçonnais déjà qu'elle fut perdue. Ambrosia est puissante et charismatique. Pour une sorcière, c'est une chance d'apprendre à ses côtés.

— Mais que va devenir Johanna ? intervint Jean. Une sorcière puissante qui va faire le mal comme sa maîtresse ? Elle va… devenir une mauvaise personne ?

— Ecoutez, je ne peux pas vous dire comment elle va évoluer. Ambrosia lui apprend à développer ses pouvoirs mais sans lui dire "maintenant, vas-y sème le chaos et répand le mal autour de toi". Ambrosia est avant tout quelqu'un d'égoïste, qui ne pense qu'à une chose : acquérir toujours plus de puissance. Une telle ambition exige de faire parfois des sacrifices. Et non, ne m'interrompez pas ! Il faut que vous compreniez qu'il n'y a pas de gentilles et de méchantes sorcières. Nous œuvrons chacune de notre côté comme nous l'entendons, nous avançons chacune à notre manière. Parfois, nous faisons preuve de bonté, parfois de cruauté. Nous pouvons favoriser la vie mais également donner la mort. Ambrosia n'échappe pas à ce principe et moi non plus. Johanna aussi va devoir trouver son propre chemin et faire ses propres expériences. Mais non, elle ne deviendra pas nécessairement une mauvaise personne comme vous dites.

— Est-ce que vous pensez que je la reverrai ? demanda Sonia.

— Oui, vous la reverrez. Elle a encore du lien avec vous. Peut-être pas celui que vous espérez mais quelque chose vous lie encore. Ce n'est plus une relation mère-fille traditionnelle dirais-je. C'est l'écho de cette relation que vous avez eue. Qui sait comment il va évoluer… Ecoutez, je tombe de sommeil, je vais retourner à mon appartement. Alicia, je reviens vers vous rapidement. Reposez-vous tous maintenant.

Brigitte Chalmet reprit son manteau et sortit.

— Je vous propose de rester dormir ici ce matin, dit Alicia. Sonia, il y a la chambre d'amis, Damien le canapé.

— Je vais également retourner chez moi, annonça Jean. Sonia, ma chérie, je suis désolé pour tout ça. Je suis là si tu as besoin de parler, de boire, de... Je suis là, d'accord ? Ce matin, tu vas te recoucher avant de retourner à Aurac. Et prends-toi quelques jours, hein ? Mets-toi en arrêt. Va faire du yoga. Tu n'es pas toute seule en tout cas, nous sommes tous là pour toi.

— Merci Jean, murmura Sonia. Effectivement, je crois que je vais dormir.

— Reposez-vous, dit Alicia. Je vais juste vous laisser une partie de la matinée. Je dois voir Nathalie.

— Comment va-t-elle ? demanda Damien.

— Il n'y a aucune amélioration. Comme l'a dit Brigitte, ça ne peut qu'aller de pire en pire. Alors je dois encore profiter un peu du temps passé avec elle. Au fond d'elle, il y a encore un petit quelque chose qui vit.

Une fois Jean parti, Alicia s'enferma dans son bureau tandis que Damien s'endormit dans le canapé. Dans la chambre, Sonia regardait le plafond. Elle avait perdu sa fille une seconde fois. Mais cette jeune fille était-elle encore Johanna ? Ou l'avait-elle définitivement perdue quand la Déesse Hibou l'avait prise ? Les sentiments de Sonia étaient confus. Sa Johanna de cinq ans lui manquait, sa petite fille aux boucles brunes. Qui était cette adolescente qui l'avait rejetée ? La psychologue ressentit une pointe de colère et de rancœur. Cela valait peut-être mieux que la tristesse. Finalement, la fatigue l'emporta assez vite.

CHAPITRE 26

Johanna regardait le Miroir de Tetlös, intriguée. Ambrosia l'avait installé dans une petite pièce éclairée par une multitude de grands cierges noirs. L'adolescente s'observa dans la glace puis en fit le tour. De l'autre côté, le miroir lui renvoya son reflet. Hormis ses deux faces polies et son cadre finement ouvragé en argent, le Miroir n'avait rien de particulier. La jeune fille se regarda quelques instants. Elle réalisa alors qu'elle n'avait jamais croisé aucun miroir dans la bâtisse et que si elle avait pu observer les transformations de son corps, elle n'avait pas appréhendé celles de son visage. Il ressemblait terriblement à sa mère, hormis les pommettes qu'on aurait attribuées à son père. Elle essaya de se souvenir, à quoi ressemblait-elle à cinq ans ? Elle ne savait plus. Sans doute avait-elle déjà ces boucles brunes héritées de Sonia. Finalement, elle ôta sa robe de lin et regarda son corps nu.

Elle se tourna pour voir le tatouage qui se trouvait dans son dos. Elle le trouva très joli et sourit. La douleur était déjà oubliée. C'est à ce moment qu'Ambrosia entra. Johanna sursauta et se rhabilla en vitesse. Elle sentit ses joues devenir rouges et baissa les yeux. Avait-elle fait preuve d'orgueil ? En avait-elle le droit ?

— Bien sûr, répondit Ambrosia à sa question muette. Tu dois être fière de ton corps, quel qu'il soit. Et crois-moi ce premier tatouage n'est que le premier d'une longue série. Je comptais justement t'en parler.

— Un autre tatouage ?

— C'est la dernière étape pour que tu puisses utiliser l'ubiquité. Ton corps doit être marqué. Le mien l'a été. Tu partageras cela avec moi…

— Quand ?

— Tout à l'heure. Tout est prêt. Il ne manque plus que toi. Mais auparavant, je voulais te féliciter. Tu as fait preuve d'un grand sang-froid et d'une grande maîtrise de tes pouvoirs face à ta mère. Je savais que je pouvais compter sur toi.

Johanna ne répondit rien.

— Oh, tu ne dis rien ? Dis-moi ce que tu éprouves ? Dis-le moi ou j'irai le chercher moi-même Johanna…

— Je ne sais pas. C'était ma mère, j'étais contente de la revoir mais en même temps, elle ne comprenait pas que je ne puisse pas repartir avec elle et ça m'a agacé. Comme si elle voulait reprendre la petite fille que j'étais et non comprendre la jeune fille que je suis devenue. Je me sentais déchirée entre plusieurs sentiments et faire de la magie m'a apaisé un moment. Quand je l'ai tenue en mon pouvoir, quand je l'ai empêchée de bouger, je me sentais bien, pleine, entière. Comme si je me réalisais parfaitement.

— Oui, c'est ça ! C'est ça d'être une sorcière, ma fille. C'est embrasser qui tu es et utiliser tes pouvoirs comme bon te semble. Ne te demande pas si c'est bien ou mal. Tout n'est pas qu'une question de morale. L'important est que tu fasses ce qui te sert, toi. Ce qui te permet d'avancer.

— Qu'allez-vous faire avec le Miroir maintenant ?

— Je te l'expliquerai en temps voulu. Mais maintenant, il est temps. Suis-moi.

Johanna suivit sa maîtresse dans les couloirs de pierre et retrouva la pièce dans laquelle elle avait été tatouée la première fois. Ambrosia lui ordonna de se déshabiller et de s'allonger sur le dos. La vieille femme préposée à la tâche sortit de l'ombre et s'installa près de la jeune fille. La sorcière quitta la pièce et les laissa toutes les deux. Le corps de Johanna se tendit. Qu'allait-on lui faire cette fois-ci ? La première piqûre la surprit entre les seins. Elle réprima un petit cri, ferma les yeux et se mit à contrôler sa respiration. Ses mains s'agrippèrent à la table. La séance fut un nouveau calvaire mais bien moins long que la première fois. Quand la femme eut terminé, elle se retira et laissa Johanna seule. Celle-ci baissa le regard et découvrit sur sa poitrine une sorte de spirale dédoublée. Le signe n'était pas très grand mais la douleur était encore vive. Johanna se rhabilla et sortit.

Une prêtresse l'attendait dans le couloir et l'escorta jusqu'à sa chambre. La jeune fille réclama qu'on la mène aux bains. Elle rêvait de pouvoir se délasser dans l'eau chaude. Mais la prêtresse lui refusa sa requête. Johanna décida de ne pas se laisser faire et un combat mental s'engagea entre elle et la créature. Celle-ci finit par appeler ses congénères à l'aide et aussitôt, trois autres prêtresses arrivèrent à son secours. A elles quatre, elles imposèrent leur volonté et Johanna finit par se mettre au lit.

Quand elle fut endormie, Ambrosia entra dans la chambre. Elle regarda l'adolescente avec ennui. Il était hors de question qu'elle se rebelle. Elle toucha son front et murmura quelques paroles dans une langue inconnue. Cela suffirait à apaiser ses envies de révolte.

CHAPITRE 27

Les jours suivants furent compliqués pour Sonia. Elle qui aurait tant aimé agir ne faisait que subir la situation. Elle réfléchit longuement à se mettre en arrêt mais continua finalement ses consultations. Elle avait besoin de travailler, d'aider ses patients. Là, au moins, elle pouvait faire quelque chose, elle avait ce pouvoir. Ses collègues la trouvèrent en mauvaise santé mais la psychologue attribua cela à un mauvais rhume et des nuits trop courtes. Elle ne pouvait pas leur dire la vérité. Sonia retourna plusieurs fois faire du yoga et fit ce qu'elle pouvait pour ne pas augmenter sa consommation de cigarettes.

Damien la sollicitait régulièrement pour sortir en ville. Ce soir-là, ils étaient tous les deux réunis autour de leur traditionnel verre de whisky. Damien avait poursuivi son enquête dans ce qu'ils appelaient maintenant "l'affaire des ombres" et tenait à lui en parler.

— Je suis allé à la maison Marlaud hier après-midi. Je veux bien reconnaître que l'endroit est flippant. La maison est isolée, plutôt en bon état. A peine quelques vitres cassées... Elle détonne dans le paysage, comme si quelqu'un l'avait posée là alors qu'elle n'a rien à y faire. J'ai visité le rez-de-chaussée mais je n'ai rien trouvé. A l'étage, pareil mais il y a une atmosphère étrange. Je n'ai rien osé bouger. Je ne sais pas ce que j'attendais de cette visite mais je suis rentré bredouille. Peut-être que les forces démoniaques se manifestent uniquement la nuit...

— Ou alors, ils ne nous ont pas tout raconté, hasarda Sonia. Tu n'as pas trouvé de restes de cérémonie bizarre ? Bougies, planche oui-ja ? Je doute fortement que les démons ou je ne sais pas quoi agissent seulement la nuit venue.

— Il n'y avait rien mais effectivement ton idée est intéressante. Je vais questionner Marie.

— As-tu contacté Alicia pour un... exorcisme ?

— Je lui en ai touché deux mots mais avec tout ce qui s'est passé... J'attends qu'elle me rappelle.

— Je vois Rose demain en consultation. Je te tiendrai au courant. Il est tard, je vais rentrer.

Damien acquiesça. Ils finirent leur verre cul-sec et enfilèrent leurs manteaux. Dehors, une légère pluie commençait à tomber.

Rose avait l'air fatiguée quand elle entra dans le cabinet de Sonia. Elle s'effondra dans le fauteuil et enfouit sa tête dans ses mains. Elle prit de grandes respirations.

— Rose ? ça ne va pas ? demanda Sonia.

— Non, ça ne va pas. C'est de pire en pire. Je ne dors plus, je suis harcelée par ces ombres. Les autres aussi. Les gars ont fini par nous dire qu'ils étaient au bord de la dépression nerveuse. J'ai essayé de rationaliser tout ça mais non, ça ne sert à rien. Nous avons réveillé quelque chose là-bas et ça nous poursuit.

— A ce sujet, j'aimerais qu'on parle de nouveau de votre visite dans la maison. Je crois que vous ne m'avez pas tout dit. Vous dites que votre simple présence aurait réveillé des forces de nature démoniaque. Vous n'avez rien fait ? Pas de rituel quelconque, de provocation…

Rose baissa les yeux.

— On est allé dans le bureau de Marlaud, là où il était censé pratiquer ses rituels. Comme on ne trouvait rien, on a voulu tenter un truc. On s'est assis en cercle au milieu de la pièce et on a allumé des bougies noires. Marc a invoqué l'esprit de Jeanne Marlaud. Il ne s'est rien passé. Et puis Fabien s'est mis à appeler des démons, en criant leurs noms, comme ça au hasard. Finalement on a commencé à remballer et c'est là qu'on a entendu les soupirs, que les ombres se sont mises à bouger…

— Pourquoi ne pas m'avoir dit la vérité ?

— Parce que j'ai honte. Parce que je ne voulais pas y croire. Parce que… On aurait pas dû faire ça ! Mais on était tellement déçus ! On fait tellement d'excursions où il ne se passe rien, on misait tout sur celle-ci. On était super flippés d'y aller. Alors quand on a vu qu'on allait encore repartir sans image intéressante, on a tenté un truc. Je sais que c'est une bêtise et je n'ai pas osé vous l'avouer.

— Rose, je vais être franche avec vous. Je connais très bien Damien Mirisse, le détective que Marie a engagé. Nous avons parlé de cette affaire, nous travaillons ensemble dessus. Je vous remercie de m'avoir tout raconté, cela va nous être très utile.

— Qu'allez-vous faire maintenant ?

— Nous avons une piste… Une sorte d'exorcisme. Mais je vous tiendrai au courant. Nous allons agir vite afin que ce cauchemar prenne fin, d'accord ?

— D'accord… Merci.

Après la séance, Sonia sortit dans la rue fumer une cigarette. Elle appela Damien et lui laissa un message sur son répondeur. La jeune femme ne doutait pas qu'Alicia connaissait quelqu'un capable de mettre fin à l'affaire des ombres. Mais il fallait agir vite car ces quatre jeunes gens allaient finir par craquer. Sonia savoura sa cigarette. Bizarrement, elle se sentit bien quelques minutes. Elle avait un combat à mener, des gens à sauver. Au moins elle pouvait agir. Johanna ne quittait pas ses pensées et son moral était au plus bas. Elle avait l'impression d'entrer dans un processus de deuil pour sa fille. Fallait-elle qu'elle retourne voir son propre psychologue pour en parler ? Ses pensées furent interrompues par l'appel de Damien. Le détective indiqua à Sonia qu'Alicia Herbert lui avait trouvé quelqu'un qui pourrait les aider.

CHAPITRE 28

Alicia était une fois de plus dans l'appartement de Brigitte Chalmet. Elle trouvait un certain réconfort dans cette nouvelle relation. Avoir une sorcière dans son entourage était un privilège rare. Pourtant la situation semblait désespérée : impossible de guérir Nathalie, Johanna qui ne voulait pas quitter Ambrosia…

Alicia savait très bien pourquoi la sorcière lui avait demandé de venir. Elle allait lui dire que cette collaboration était terminée, qu'elle avait fait ce qu'elle avait pu. Après tout, elle avait vraiment été d'une grande aide, il faudrait savoir la remercier. La vieille femme se posait des questions sur sa quête d'Ambrosia. Elle avait passé plusieurs années à la traquer, à découvrir ses multiples avatars et elle avait fini par lui faire face. Dans sa vraie forme. Une très grande femme au cou trop long et à la taille trop fine. Et ces cheveux qui tombaient jusqu'à terre ! Elle dégageait quelque chose d'insolite et d'irréel, elle possédait une véritable aura magique.

— N'y pensez pas trop, dit Brigitte Chalmet, interrompant sa rêverie. C'est comme ça qu'on tombe en son pouvoir.

— Excusez-moi, bredouilla Alicia, confuse.

— Je vous prie, tenez, c'est une de mes infusions préférées. Elle apaise l'esprit et apporte la sérénité. Buvez tant que c'est chaud.

— Merci, dit Alicia en prenant sa tasse. Ecoutez, ne tournons pas autour du pot. Je sais pourquoi vous vouliez me voir aujourd'hui. La rencontre avec Ambrosia et Johanna nous a tous beaucoup marqués et je dois dire que j'y pense sans relâche. Je suis consciente de la puissance de cette femme et je crains que nous ne puissions pas nous dresser en travers de son chemin. Cela fait des années que j'enquête sur elle et maintenant je… Je ne sais plus quoi faire de toutes ces informations accumulées. Je vous ai vu face à elle, j'ai vu la magie à l'œuvre. C'est une grande sorcière. Je ne peux pas l'obliger à sauver Nathalie. Tout espoir est mort. Je me sens complètement perdue. Et Johanna qui refuse de la quitter… Je sais très bien ce que vous voulez me dire : vous vous arrêtez là. Et vous avez déjà fait beaucoup.

— Alicia, je comprends votre désarroi. Vraiment. Par rapport à vos travaux, par rapport à votre femme, par rapport à Johanna. Malheureusement nous arrivons au bout de nos pistes pour beaucoup de choses. Nous ne pourrons pas sauver Nathalie, nous ne pourrons pas faire revenir Johanna. Mais il y a autre chose que vous devez savoir. C'est pour cela que je vous ai fait venir aujourd'hui. Je sais ce que prépare Ambrosia avec le Miroir de Tetlös. Cet objet possède tant de puissance qu'il peut servir à de grands rituels. Et j'ai compris ce que manigance Ambrosia. Et pourquoi elle a pris Johanna sous son aile.

— Expliquez-moi ça, dit Alicia en se réinstallant dans son fauteuil.

— Avez-vous entendu parler des "Rites Jumeaux"?

— Non, jamais.

— Il s'agit d'un rituel légendaire. Il permet de prolonger sa vie en s'incarnant dans un nouveau corps. Vous comprenez ?

— Johanna !

— Exact.

— Mais pourquoi en faire une sorcière ? Pourquoi ne pas simplement l'enfermer quelque part et faire le rituel ?

— Parce que les Rites Jumeaux nécessitent deux sorcières maîtrisant l'ubiquité. Il s'agit pour les deux magiciennes de se dédoubler et de réaliser le rituel, soit quatre rites en même temps. Et l'une sera sacrifiée au profit de l'autre. J'ai compris tout cela en voyant Ambrosia à Baltramont. Vous n'avez probablement rien remarqué et c'est normal mais Ambrosia est extrêmement vieille et a soumis son corps à rude épreuve. Il pourrit. J'ai vu une tache sur une de ses jambes alors que sa robe se soulevait légèrement. Et surtout je l'ai sentie. Une odeur de mort plane sur elle. Une odeur que seule une sorcière comme moi peut détecter.

— Et nous l'avons vu, elle maîtrise l'ubiquité.

— C'est un pouvoir extrêmement rare et puissant. Elle le maîtrise parfaitement. Et elle attend de Johanna qu'elle le possède à son tour. Cette jeune fille doit être vraiment très forte pour pouvoir utiliser ce sort après si peu d'apprentissage…

— Mais nous ne pouvons pas savoir quand Johanna aura acquis ce nouveau pouvoir !

— Oh, dans très peu de temps, je pense.

— Mais elle n'est pas au courant de ce qui l'attend.

— Non, sûrement pas. Quoique, avec la loyauté dont elle a fait preuve, cela ne m'étonnerait pas qu'elle se sacrifie pour sa maîtresse. De toute façon, Johanna est en mauvaise posture et si les Rites Jumeaux fonctionnent, Ambrosia sera jeune et forte de nouveau, prête pour de nouvelles décennies de pouvoir.

— Je ne peux pas laisser faire cela ! éructa Alicia en posant sa tasse. Pouvez-vous la localiser ?

— Non, je vous l'ai déjà dit. Je ne sais pas où elle se cache. Elle est très prudente.

— Il faut absolument en parler à Sonia ! Pourrez-vous encore nous aider ?

— Je le peux oui… Mais nous allons devoir tenter des manœuvres désespérées.

CHAPITRE 29

Le temps s'écoulait bizarrement. Allongée dans la clairière, Johanna regardait le faux ciel au-dessus de sa tête. Elle se rendit compte qu'elle ne savait pas depuis combien de temps elle était là. Ni depuis combien de temps elle avait revu sa mère. Encore moins combien de temps s'était écoulé depuis qu'elle avait suivi la Déesse Hibou en Ecosse pour se retrouver ici. D'ailleurs où était-elle vraiment ? Elle arracha un petit brin d'herbe et joua avec. Il ne faisait ni chaud ni froid dans cette pièce, comme si elle était hors de tout. Au moins, Johanna s'y sentait en liberté totale, complètement libre de faire ce qu'elle voulait.

Ses pensées dérivèrent vers sa mère. Leurs retrouvailles avaient été étranges. Il lui semblait l'avoir quittée des années auparavant mais la retrouver face-à-face avait ranimé beaucoup d'émotions. Elle l'avait surtout vue comme une femme partageant une ancienne vie. Une autre mentor, plus qu'une mère, qu'elle aurait délaissée au profit d'une autre. Etait-ce aussi cela grandir ? Johanna se souvenait de moments passés avec sa mère, des jeux, des rires et des câlins. Lui revenaient en mémoire également des disputes, la voix ferme de Sonia. Et puis surtout son corps contre lequel elle aimait se lover plus que tout. L'adolescente soupira et jeta le bout d'herbe avant d'en arracher un autre. Elle pensait à tout cela mais pourtant quand elle l'avait revue, ses pensées avaient été complètement occupées par sa loyauté envers Ambrosia et son désir de devenir sorcière. Rien d'autre n'avait compté. Leurs routes allaient-elles se recroiser ? N'y tenant plus, Johanna ferma les yeux et fut aspirée vers les étoiles. Elle se laissa guider par son instinct, le voyage astral était devenu d'une simplicité déconcertante. Finalement, son esprit se retrouva dans la chambre de sa mère. Celle-ci venait juste de se réveiller. Chanel, qui dormait au pied du lit, se leva précipitamment et quitta la pièce. Johanna lui intima de rester. La chatte s'arrêta près de la porte et se mit à miauler en regardant le plafond, là où flottait le double astral de Johanna. Sonia se leva de son lit, poussa l'animal du pied qui se réfugia dans le salon et sortit de la chambre en baillant. Elle n'était vêtue que d'une culotte et d'un t-shirt ample et déformé. Johanna la suivit et l'observa préparer son café. Pendant sa douche, elle en profita pour se rendre dans sa propre chambre. Rien n'avait changé. Elle retrouva le papier peint coloré, ses jouets, ses dessins accrochés au mur. Cette vision lui laissa un goût amer. Elle retourna dans le salon pour voir sa mère sortir de la salle de bain. Soudain celle-ci s'arrêta net.

— Johanna ? C'est toi ?

La jeune fille se pétrifia. Comment sa mère pouvait-elle la sentir ? Elle ne faisait pas assez attention.

— Johanna ? Réponds-moi si tu peux…

Sonia était maintenant près du canapé et son regard allait d'un bout à l'autre de la pièce, cherchant une preuve de la présence de sa fille. Cette dernière ne savait pas quoi faire. Elle était partagée entre fuir et jouer avec ses pouvoirs. Après tout, pourquoi ne pas s'en servir ? Elle se posa doucement sur le sol et chercha à se matérialiser. Son double apparut devant les yeux ébahis de sa mère. Mais au même moment, Johanna sentit son corps en danger. Elle le réintégra aussitôt.

Dans la clairière, la porte venait de s'ouvrir. Ambrosia et deux prêtresses firent leur entrée. Johanna resta les yeux fermés quelques instants, faisant ralentir les battements de son cœur et sa respiration. Le retour avait été trop soudain pour la jeune fille. Elle fit mine de dormir et de n'avoir rien entendu. La sorcière s'approcha de Johanna et la réveilla doucement.

— Il est temps de nous mettre au travail, ma fille.

Johanna ouvrit les yeux, força un bâillement puis se mit debout. Elle suivit sa maîtresse sans rien dire, encadrée par les deux créatures cachées sous leurs longues capes. Elles pénétrèrent dans une salle que Johanna connaissait bien. Ambrosia voulait lui faire travailler son ubiquité. Elle la fit s'assoir sur une chaise et s'installa face à elle dans un grand fauteuil de cuir noir. Ce faisant, la sorcière replaça sa grande robe sur ses jambes.

— Je sais que nous y sommes presque Johanna. Tes dons en voyage astral se sont considérablement renforcés ces derniers temps, dit Ambrosia dans un demi-sourire qui fit frémir Johanna. Il est temps d'aller plus loin.

Elle se leva et cligna des yeux. Aussitôt une nouvelle Ambrosia se matérialisa à côté d'elle. La première se rassit tandis que la seconde se mit à faire les cent pas comme pour se dégourdir les jambes. Finalement elle réintégra son corps. La sorcière referma les yeux une fraction de seconde puis la porte de la pièce s'ouvrit. Une autre Ambrosia fit son entrée et prit la parole.

— Je suis apparue dans un autre endroit. Voilà le vrai pouvoir de l'ubiquité. Oh oui, ce n'était à quelques mètres mais je suis capable d'aller plus loin encore.

— Et bientôt, tu pourras le faire aussi, reprit la sorcière assise dans le fauteuil. A toi. Lève-toi et concentre-toi pour te dédoubler.

Johanna obéit et ferma les yeux. Elle sentit son double quitter son corps mais dans un état différent du voyage astral. Pas d'aspiration vers le haut mais un vertige, comme un déséquilibre de quelques secondes. Soudain, elle fut en deux endroits en même temps. Elle ouvrit les yeux et se vit à côté d'elle. Son double la regarda sans rien dire. Johanna eut envie de vomir. Elle se sentit vaciller. A moins que ce ne fut l'autre qui manqua de tomber ? Elle ne savait plus qui elle était. Prise de panique, elle se mit à crier pour que tout s'arrête. Elle se laissa tomber et se sentit redevenir une. Roulée en boule sur la pierre froide, Johanna se mit à pleurer. Elle avait réussi. Elle avait été deux. Ambrosia s'approcha d'elle et posa ses mains sur ses épaules.

— Excellent Johanna. Tu as réussi. Maintenant tu vas devoir maîtriser cette nouvelle faculté. Alors relève-toi et recommence.

Johanna essaya de se calmer, fit taire ses nausées et se redressa. Le plus dur était fait. Sa maîtresse l'avait dit, il était temps de se mettre au travail.

CHAPITRE 30

Quand la jeune fille s'installa face à elle, Sonia ne put contenir son étonnement. Elle ne s'attendait pas à quelqu'un d'aussi jeune. Avec ses grands yeux et ses multiples nattes sur la tête, elle passait pour une adolescente. Damien, à ses côtés, ne fut pas surpris. Il avait eu la femme au téléphone et sa voix n'avait pas laissé de doute quant à sa jeunesse. Le bar où ils s'étaient installés était très calme en ce début de soirée et le trio allait pouvoir discuter tranquillement. Damien tendit une main à la nouvelle venue.

— Aya, je suppose ? Enchanté, je suis Damien. Et voici Sonia.

Celle-ci présenta sa main gantée et la nouvelle venue hésita avant de la serrer. Le contact fut bref et sous le gant, Sonia sentit sa cicatrice la démanger.

— C'est bien moi, répondit Aya d'une voix fluette. Je suis contente de vous rencontrer. Mme

Herbert m'avait expliqué brièvement votre cas et nous avons échangé par téléphone mais rien ne vaut une vraie rencontre, n'est-ce pas ? Je vous préviens, je suis plutôt bavarde. Alors n'hésitez pas à m'interrompre de temps en temps. Si j'ai bien compris votre histoire, vous cherchez à pratiquer un exorcisme sur un groupe de jeunes gens un peu inconscients. Bon, je ne vous cache pas que m'attaquer à la maison Marlaud me fait un peu peur mais quand il faut y aller, faut y aller, non ? Et j'en dois une à Mme Herbert alors allons-y !

— Avez-vous besoin de plus d'explications ? demanda Damien.

— Non, vous m'avez tout raconté. Est-ce que les jeunes sont au courant de ce rendez-vous ?

— Non, nous ne leur avons rien dit, répondit Sonia. Nous voulions d'abord voir avec vous ce qu'il est possible de faire avant de les informer. Je ne veux pas leur donner de faux espoirs.

— Savez-vous ce qui les hante ? intervint Damien.

— Hum oui… Je crois. Des restes d'invocations, des sortes d'échos si vous voulez. Ça fait peur mais ça fait pas mal. Disons qu'à la longue, ça peut rendre fou. Mais nous allons éviter d'en arriver là. Ils s'en tireront avec une bonne leçon ! Ecoutez, j'enchaîne mais c'est très simple. Convenons d'un rendez-vous dans quelques jours dans les friches industrielles au sud, pas très loin de la maison Marlaud d'ailleurs. Il y a un entrepôt désaffecté que je connais où je pourrais pratiquer cet… exorcisme. On en aura pour quelques heures, ça ira très vite. Heureusement qu'ils n'ont pas vraiment invoqué des démons ou je ne sais quoi !

— C'est aussi simple que ça ? dit Sonia. On vous appelle et vous pratiquez des exorcismes ?

— Oui. Bizarre, hein ? se mit à rire Aya. J'ai reçu ce don très jeune, je chasse les fantômes, les démons… La première fois, j'avais dix ans. Oui c'est ça, ça doit faire huit ans que je m'occupe de ça. J'ai aidé beaucoup de monde, vous savez. Par exemple, pour des problèmes de mélancolie ou de déprime, il s'agit parfois de mauvais esprits qui se sont attachés à vous et vous pompent littéralement votre énergie. J'ai soigné ma mère comme ça. L'esprit était perché sur ses épaules, sa bouche collée à l'arrière de sa tête. C'était pas beau à voir ! Je sais lire l'avenir aussi. Alors je peux pas prédire de choses très précises, hein, c'est un don secondaire. Ce sont des intuitions, des sensations... Par exemple, Sonia, je suis très intéressée par vos mains. J'ai senti quelque chose sous votre gant. Vous me montrez ?

— Attendez, attendez, dit Damien. D'abord concentrons-nous sur ce qui nous préoccupe. Nous pouvons donc prévenir les jeunes que dans quelques jours leurs problèmes seront terminés ?

— Oui, je vous envoie rapidement notre point de rendez-vous par texto, ça vous va ? Le temps pour moi de préparer deux ou trois bricoles. Maintenant Sonia, donnez-moi vos mains !

Sonia regarda Damien qui haussa les épaules. Finalement elle se lança. Elle ôta son gant et mit ses mains paumes vers le ciel sur la table. Aya poussa un petit cri d'exclamation et glissa ses propres mains sous celles de Sonia. Elle regarda les cicatrices runiques avec admiration. Puis passa ses doigts dessus avec douceur.

— Je ne sais pas lire votre passé Sonia mais ces cicatrices en disent long. Il est rare d'avoir une sorcière dans son entourage et celle qui vous a donné une pierre de protection a eu le nez creux ! Il faudra me raconter cette histoire un jour... Mais maintenant passons à votre futur. Laissez-moi me concentrer un instant. Je vais serrer vos mains, ça risque de faire un peu mal, parfois j'y vais trop fort !

— Allez-y, dit Sonia.

Aya s'exécuta, ses grands yeux rivés sur les paumes de Sonia. Sa respiration s'accéléra subitement puis redevint normale. La jeune fille serra un peu plus sa pression et Sonia fit la grimace.

— Sonia, je suis désolée, dit finalement Aya. Tout est si sombre... Je ne vois que de tristes choses... J'en ai les larmes aux yeux.

— Que voyez-vous ? insista Sonia.

— Ce sont des impressions, des couleurs... Tant de tristesse et de noirceur !

— Ça suffit maintenant, on arrête, dit Sonia en retirant ses mains.

— Je suis désolée.

— Ce n'est rien... Ecoutez, je vais y aller. Je vous laisse régler les derniers détails avec Damien. Je vais parler de l'exorcisme à Rose. A elle et Marie de convaincre leurs amis. Je vous souhaite une bonne soirée. Excusez-moi.

Damien se leva pour laisser passer la jeune femme et la regarda sortir du bar sans mot dire. Aya lui adressa un petit sourire désolé. Le détective se rassit.

— Oublions cet incident. Parlons d'autres choses. Je pense que vous et moi, on peut s'entraider.

Sonia décida de rentrer à pieds. Elle avait un peu de marche à faire et le froid lui ferait du bien. Les propos d'Aya lui avait fait peur. Elle pensait à Johanna. De la noirceur ? De la tristesse ? Allait-elle perdre définitivement sa fille ou avait-elle encore une chance de la sauver ?

CHAPITRE 31

— Il est temps que je t'explique à quoi va nous servir le Miroir de Tetlös.

A ces mots, Johanna sentit le rouge lui monter aux joues. Enfin, elle allait savoir ! Ambrosia l'avait installée dans un de ses nombreux petits salons garnis de fauteuils moelleux et de gros coussins. Comme à l'accoutumée, elle avait fait amener un breuvage chaud et parfumé qu'elles buvaient toutes deux à petites gorgées.

— Nous allons pratiquer un très ancien rituel. Très ancien et très puissant. Les Rites Jumeaux. Pour le réussir, nous avons besoin de deux sorcières pratiquant l'ubiquité et du Miroir de Tetlös. Nous avons maintenant tout ce qu'il nous faut sous la main.

— Les Rites Jumeaux, murmura Johanna.

— Intrigant n'est-ce pas ? Ce rituel est rarement pratiqué, tu te doutes bien. Nous avons beaucoup de chance de pouvoir le faire. Dans quelques jours, nous serons prêtes. Je vais t'expliquer ce que nous allons devoir faire. Car nous avons les sorcières, l'ubiquité et le Miroir mais ce n'est pas tout. Il faut quelques ingrédients supplémentaires. Plus un temps de préparation de nos corps et de nos esprits.

— Mais à quoi va servir le rituel ?

— Petite curieuse ! rit Ambrosia. Les Rites Jumeaux scellent le destin de deux sorcières, il les lie pour l'éternité. Il permet d'acquérir une quantité incroyable de puissance. Tellement de pouvoir que c'en est trop pour une seule femme. C'est pourquoi, j'ai besoin de toi.

— C'est pour ça que je suis ici ? Pour les Rites Jumeaux ?

— Je sens de la déception dans ta voix. Ne va pas croire que je me sers de toi uniquement pour réussir ce rite. Non, voyons. Comme je te le disais, il permet d'acquérir des pouvoirs et c'est valable pour les deux sorcières. Tu en hériteras aussi. Quand je t'ai découverte, Johanna, j'ai tout de suite su qu'il fallait que je t'emmène avec moi. Tu es si puissante et si jeune ! J'ai eu envie de me lier à toi, de te faire devenir sorcière, de te prendre sous mon aile... Nos destins vont être liés à jamais, ma fille. Tous les sacrifices que tu as faits, toute la confiance que tu m'as donnée vont trouver leur but. Alors es-tu aussi excitée que moi ?

— Oui... je crois, hésita Johanna. C'est... très abstrait. La puissance, le pouvoir.

— Oh tu verras, tu t'y feras très vite. Mais en attendant, nous devons commencer la préparation. Les Rites Jumeaux se pratiquent dans une salle spéciale. Nous nous en occuperons dans un second temps. D'abord, c'est nous que nous devons préparer. Durant quelques jours, nous ne devons rien manger ni rien boire. Il faut également nous purifier, pour cela tu iras tous les jours aux étuves où te conduiront mes prêtresses. Tu y resteras plusieurs heures dans la vapeur chaude.

— Et vous ?

— Oh moi je vais subir le même sort que toi mais nous allons nous préparer chacune de notre côté. Nous ne nous verrons pas pendant ce temps de préparation, tu comprends ? C'est un chemin que nous devons faire seules avant de nous retrouver. Ensuite je viendrai te chercher et nous passerons à la préparation de la salle. Beaucoup d'ingrédients à trouver, de potions à fabriquer… et de formules à apprendre. Cela va te demander beaucoup de concentration et de mémoire mais je suis certaine que tu vas y arriver. En attendant, pour aujourd'hui nous allons travailler de nouveau ton ubiquité. Et quand tu te réveilleras demain matin alors viendra le temps de la purification.

— Oui maîtresse.

Les deux femmes sortirent et traversèrent de longs couloirs de pierre avant de retrouver la salle où Ambrosia l'entraînait. Les heures de travail furent harassantes pour Johanna qui s'endormit très vite, une fois glissée dans son lit.

Quand la prêtresse la réveilla, elle eut l'impression de n'avoir dormi qu'une petite heure. Elle enfila sa robe de lin et fut conduite dans une petite salle dont les murs et le sol était recouverts d'exquises faïences. Il y faisait très chaud et on n'y voyait goutte. Johanna se déshabilla et entra dans la pièce. Les prêtresses refermèrent derrière elle. La purification ne faisait que commencer.

CHAPITRE 32

La chambre était plongée dans la pénombre. Dehors, la pluie tombait et le ciel gris empêchait toute lumière de passer. Nathalie était dans allongée dans son lit, les yeux fermés, le souffle lent. Assise à son chevet, Alicia lui caressa doucement la joue. Nathalie s'était endormie la veille, peu après sa visite. Les médecins n'arrivaient pas à réellement expliquer pourquoi leur patiente avait sombré dans une sorte de coma. Alicia, elle, le savait. L'esprit de sa femme était en train de partir définitivement. La veille encore, elle lui avait longuement parlé : la rencontre avec Ambrosia, Johanna, le retour de la jeune Aya… Elle lui avait tout raconté dans le moindre détail. Mais Nathalie n'avait rien dit, le regard perdu dans le vide, comme toujours. La vieille femme sentait que la fin était proche, Brigitte Chalmet l'avait mise en garde. Bientôt, l'esprit de sa femme s'en irait pour toujours.

En rentrant chez elle, Alicia s'effondra sur son canapé et pleura. Elle laissa passer sa crise de larmes et contacta Brigitte Chalmet. Elle lui indiqua l'évolution de l'état de Nathalie. La sorcière parut soucieuse au téléphone et lui demanda si elle pouvait l'accompagner à la clinique le lendemain. Alicia accepta, même si cela signifiait encore une fois que la fin se rapprochait.

Le lendemain, les deux femmes étaient présentes dans la chambre de Nathalie. On entendait sa respiration. Brigitte Chalmet s'approcha de la femme endormie et posa une main sur son front tandis qu'elle lui murmurait d'étranges paroles à l'oreille. Au bout de quelques secondes, la respiration de Nathalie s'accéléra, elle s'agita un peu puis plus rien. Elle se rendormit paisiblement.

— Je suis désolée Alicia mais...

— Je m'en doutais....

— Ma proposition tient toujours, quelques minutes avec elle avant qu'elle ne disparaisse. Si vous le souhaitez.

— Quand ?

— A vrai dire, nous pouvons faire ça demain si cela vous convient. Je suis désolée de vous presser mais je m'en voudrais si vous ratiez ces adieux.

— Alors demain, soupira Alicia. Que se passera-t-il ensuite ?

— Ensuite, la lumière de son esprit s'éteindra. Il fera noir pour toujours. Son corps restera là, endormi.

— Donnons-nous rendez-vous pour demain alors.

Quand elle rentra chez elle, Alicia ne pleura pas. Elle s'assit et resta là sans rien faire durant plusieurs heures. Elle se plongea dans ses souvenirs avec Nathalie, s'y noya presque. Leur première rencontre évidemment, le flirt, le premier baiser et leur première fois. La magie, toujours présente avec Nathalie. Ses rituels, ses tatouages, ce monde étrange auquel Alicia n'avait pas accès. Elle se souvint de petites choses, un sourire dans la lumière du matin, une gorgée de thé trop chaud, une promenade sur la plage, un éclat de rire. Et puis elle émergea. Elle regarda le salon vide, les photos accrochées ici et là. Elle n'eut pas le courage d'aller dans la chambre. Elle pensa à toutes les affaires de Nathalie encore dans les armoires. A sa pièce secrète à laquelle elle ne savait même pas accéder ! A cette idée, elle sourit. Alicia pensait que la colère monterait, que la haine d'Ambrosia allait la consumer mais il n'en fut rien. Elle était envahie par l'impuissance et la tristesse. Au diable cette fichue sorcière ! Ce qui lui importait maintenant était les quelques minutes qui lui restaient avec sa femme avant la nuit noire.

CHAPITRE 33

Alicia fut la première à entrer dans la chambre. Elle tira les rideaux sur l'ordre de Brigitte Chalmet et alluma une petite lampe de chevet. La sorcière ferma la porte et prononça une formule magique destinée à la verrouiller. Elle retira son grand manteau. En-dessous elle n'était vêtue que d'une toge blanche aux reflets dorés. Elle fit signe à Alicia d'approcher.

— Je vais procéder au rituel. Cela va prendre quelques minutes puis Nathalie se réveillera. Je ne sais pas exactement combien de temps je pourrais tenir, un quart d'heure tout au plus. Je ne peux pas faire mieux. Sommes-nous d'accord?

— Allez-y, dit Alicia qui s'écarta vers la fenêtre.

Brigitte Chalmet retira les couvertures du lit. Nathalie était vêtue d'une chemise de nuit blanche qui lui descendait aux genoux. La sorcière la déboutonna au niveau du ventre. Des poches de sa toge, elle sortit une petite bourse en cuir remplie de poudre rouge. Avec celle-ci, elle traça plusieurs signes autour du nombril de Nathalie, puis sur son front et ses joues. Elle ne cessait de murmurer des formules dans une langue douce et chantante. Alicia sentit l'air devenir chaud autour d'elle. Elle se tendit et se mordilla la lèvre inférieure. Puis la sorcière s'écarta du lit, leva ses mains vers le ciel et d'une voix forte se mit à prier. Alicia ne reconnut pas la langue dans laquelle Brigitte Chalmet officiait. Cette dernière semblait très concentrée. Elle pria de longues minutes, qui parurent une éternité. Enfin, elle se pencha vers le visage de Nathalie, écarta ses lèvres et souffla vers sa bouche. Puis elle reprit ses prières. Au bout de quelques secondes, Nathalie ouvrit les yeux. Son regard passa de Brigitte à Alicia et elle sourit à sa femme. Elle se redressa.

— Alicia !

— Nathalie !

Alicia se précipita dans les bras de sa femme et l'embrassa. Elles se serrèrent l'une contre l'autre longuement sans rien dire, laissant leur joie s'exprimer à travers leurs corps, sentant la vie qui émanait de chacune d'elle. Aux mots d'amour de l'une, répondaient les douceurs de l'autre.

— Il faut que tu me dises tout, implora Nathalie. Que s'est-il passé après l'Ecosse ?

— Tu ne m'as jamais entendu quand je te parlais?

— Je sentais que quelque chose se passait la lisière de ma conscience… Vite, dis-moi.

— Johanna est devenue une sorcière sous l'aile d'Ambrosia. Elles ont le Miroir de Tetlös, Ambrosia veut pratiquer les Rites Jumeaux pour se réincarner dans le corps de Johanna.

— Mon Dieu…

— Et je l'ai vu, Nathalie, je lui ai fait face. Après toutes ces années de recherche, j'ai rencontré Ambrosia.

— Ta quête n'est pas terminée, tu dois maintenant l'empêcher de nuire.

— Mais je ne sais pas comment…

— Tu trouveras, j'en suis sûre. Maintenant sers-moi fort dans tes bras. Alicia, je t'aime, je t'aime tellement. Nous avons si peu de temps ensemble. Je t'aimerai toujours, tu m'entends ?

— Oh mon amour, sanglota Alicia. Qu'est-ce que je vais faire sans toi ?

— Tu es forte. Parfois tu l'oublies. Tu es la femme la plus incroyable que je connaisse, tu sais. Je l'ai toujours pensé, dès notre première rencontre.

— Oh, toute cette pluie, tu te souviens ? Rit Alicia.

— Londres... murmura Nathalie.

— Mon parapluie.

— Ton horrible ciré jaune.

— Et le taxi.

— Et le taxi, reprit Nathalie, les yeux humides.

— Je croyais que tu étais bilingue, j'étais impressionnée !

— Un simple sort...

— Je ne veux pas te perdre, se mit à pleurer Alicia. J'ai besoin de toi. Je t'aime.

— Mon esprit vacille… Alicia…

Nathalie sentait sa conscience glisser, comme du sable s'échappant de ses doigts. Elle se voyait glisser vers les ténèbres, perçut une dernière fois des sensations dans son corps, les mains d'Alicia qui tenaient les siennes, son parfum. Mais la fin était inéluctable.

— Nathalie, reste encore, s'il-te-plaît, reste encore…

— Alicia…

Puis Nathalie ouvrit grand les yeux et s'effondra sur le lit.

— Nathalie ! cria Alicia en pleurant. Puis elle se tourna vers Brigitte. Faites quelque chose !

Mais la sorcière s'était tue et ses bras pendaient le long de son corps. Elle était exténuée. Elle manqua de tomber et s'accrocha au lit pour se maintenir debout.   Brigitte Chalmet reprit son souffle et parla avec lenteur.

— Je ne pouvais pas plus, je suis désolée. Elle est partie. Je… Je vais vous laisser avec elle, maintenant. Allons, restez avec elle encore un peu.

Brigitte Chalmet se releva avec difficulté, reprit son manteau et prononça une formule devant la porte avant de pouvoir l'ouvrir. Alicia resta seule avec Nathalie dont la respiration était devenue calme. Elle lui ferma les yeux et la serra contre elle. On n'entendait plus que la pluie qui battait les carreaux.

CHAPITRE 34

Jean serra la main de la vieille femme assise à côté de lui. Alicia venait de terminer le récit de ses derniers instants avec Nathalie. Ses yeux étaient humides mais aucune larme ne coula. Tous étaient dans le salon des Herbert à Paris. Sonia se demanda si c'était là la tristesse et les ténèbres promises par Aya. Elle aurait voulu réconforter Alicia mais elle se retrouvait elle-même empêtrée dans sa propre douleur et n'arrivait pas à s'en défaire pour aller vers les autres. Les autres, elle pouvait compter sur eux mais la réciproque n'était pas vraie. Elle le savait. Elle prit une gorgée de café et attendit que quelqu'un prenne la parole. Bien entendu, ce fut Damien qui brisa le silence.

— Je te ressers Alicia ?

Il n'attendit pas la réponse et remplit la tasse de son amie. Elle le remercia d'un signe de tête et avala le breuvage amer.

— Maintenant, vous savez tout. Il fallait que je vous le raconte même si c'est bien sûr douloureux pour moi. Je voudrais maintenant passer à un autre sujet. Nous n'en avons pas fini avec Ambrosia. Il nous reste une bataille à mener. Brigitte nous rejoindra tout à l'heure, alors à moi l'honneur de vous entretenir de ce qui me préoccupe. D'après Brigitte, le corps d'Ambrosia faiblit et elle veut se réincarner dans un nouvel hôte. C'est pour ça qu'elle a besoin de Johanna. Et du Miroir de Tetlös pour accomplir les Rites Jumeaux. Un rituel ancestral qui lui permettra de quitter son corps pour revivre dans celui de Johanna.

Sonia porta sa main gantée à sa bouche.

— Brigitte est sûre de ça ?

— Oui. Et moi aussi. Après qu'elle m'ait expliqué sa théorie, j'ai fait mes propres recherches sur ce rite et je pense que tout se tient. Les deux sorcières qui pratiquent ce rituel doivent maîtriser l'ubiquité afin de se dédoubler : en tout, quatre rituels sont faits en même temps autour du Miroir. L'ubiquité est un pouvoir difficile à obtenir et c'est sûrement en comprenant la puissance de Johanna qu'Ambrosia a choisi de l'enlever et de lui apprendre la sorcellerie. Elle s'est aussi arrangée pour que la petite lui reste fidèle jusqu'au bout, comme on l'a vu au cimetière de Baltramont. Elle s'assure ainsi que Johanna va participer aux Rites Jumeaux sans faillir.

— Mais est-on sûrs que Johanna est au courant de ça ? intervint Jean.

— Non, reprit Alicia. Mais maintenant qu'elle possède le Miroir, elle doit préparer le rituel. D'après mes recherches, il y a un temps de purification avant le grand jour, que les deux sorcières doivent observer. Où en sont-elles dans cette préparation, je ne sais pas. Le temps joue contre nous. Nous n'avons aucun moyen de trouver où se cache Ambrosia et de l'affronter sur son propre terrain. Nous devons trouver une solution…

— Brigitte Chalmet peut-elle nous aider ? demanda Sonia. Avec ses pouvoirs, sa connaissance…

— Non, elle me l'a déjà dit : impossible de localiser Ambrosia.

— Alors nous sommes foutus. Johanna est foutue ! Nous ne pouvons rien faire face à cette putain de sorcière ! explosa Jean. Elle va se réincarner et revivre encore mille ans ou plus en semant le chaos. Nous le savons mais nous ne pouvons rien faire pour l'en empêcher. Ça me met hors de moi !

— Calme toi Jean, dit Sonia.

— Excuse-moi, ma belle, ça doit être dur pour toi. La pauvre Johanna…

— Johanna est notre seule inconnue dans l'histoire, dit Alicia. Nous ignorons si elle connaît la finalité des Rites Jumeaux et si elle y adhère. Il se peut qu'elle ne veuille pas se sacrifier pour Ambrosia. Il nous faudrait un moyen de la contacter. Mais si elles résident toutes les deux au même endroit, c'est impossible.

— Peut-être… hasarda Sonia. Peut-être que nous pouvons tenter quelque chose. Des fois, je la sens près de moi. Je suis sûre qu'elle m'observe. Elle doit faire du voyage astral. Si je me concentre, je peux peut-être lui parler ?

Sonia fut interrompue par le tintement de la sonnette. Brigitte Chalmet venait d'arriver. Elle salua le groupe et s'installa à son tour dans un fauteuil. Alicia lui fit part des dernières conclusions auxquelles ils étaient arrivés. La sorcière prit un instant de réflexion avant de répondre.

— Nous pouvons tenter quelque chose.

— Dites-nous, implora Sonia.

— Si vous voulez parler à votre fille, il faut attendre qu'elle vienne à vous. Cela implique qu'elle puisse toujours voyager, qu'elle le fasse encore avant le rituel et qu'Ambrosia ne le sache pas. Il faut ensuite pouvoir la convaincre. Elle vous accusera de mentir, et peut-être pire, elle revendiquera son sacrifice. Rien ne nous certifie de réussir cette entreprise.

— Il faut pourtant essayer ! Comment pourrais-je lui parler ? Je sens qu'elle est là et parfois je l'appelle mais elle ne répond pas. J'ai cru la voir apparaître l'autre jour…

— Vous ne la retiendrez pas sans magie. Il faut tendre un piège à son double astral et le matérialiser sur place. Je peux construire ce piège, c'est assez simple. Après, ce sera à vous de vous montrer convaincante.

— Comment tu le sens Sonia ? demanda Jean.

— Il faut essayer, répondit-elle sans grande conviction.

Peu après, Sonia s'installa à la fenêtre pour fumer une cigarette. Damien la rejoignit.

— Tu n'as pas dit grand-chose, dit la psychologue.

— Non. J'avoue être assez dépassé par la situation. Je ne peux pas croire ce qui risque d'arriver à Johanna. Jean a raison, nous sommes complètement impuissants. Nous faisons face à des choses qui nous dépassent.

— Mais nous pouvons tout de même agir. Un petit peu. Regarde, il me reste un infime espoir de reprendre Johanna et de la sauver. Tout comme nous allons pratiquer un exorcisme pour sauver quatre jeunes gens…

— A ce sujet, Aya m'a recontacté. C'est pour cette semaine.

— Je n'aurais pas de mal à parler avec Rose.

— Ni moi avec Marie.

— Aya m'a promis un avenir sombre. Qu'en penses-tu ? C'est par là que je me dirige ?

— Je ne sais pas, Sonia, je ne sais pas.

La jeune femme écrasa sa cigarette et s'en alluma une nouvelle aussitôt.

CHAPITRE 35

La nuit venait de tomber quand Sonia arriva à l'entrepôt indiqué par Aya. Elle crut être la première mais la jeune médium était déjà sur place. Sur le sol du bâtiment, elle avait tracé un grand pentacle à la craie. A chaque pointe, elle installait des cierges blancs. Elle fit signe à Sonia.

— Venez, venez ! Vous allez m'aider. Vous voyez les gros sacs de sel, là-bas ? Il faut en répandre autour du pentacle, faites un grand cercle.

Sonia s'exécuta. Pendant qu'elle s'affairait à sa tâche, elle ne put s'empêcher d'interroger Aya.

— Pouvez-vous me relire l'avenir ?

— Parce que ce que je vous ai dit ne vous plaît pas, hein ? Mais non, je ne peux pas. Enfin si, je pourrais, mais je ne verrais rien de nouveau. Ma prédiction serait la même.

— Peut-être que mon destin a changé…

— Peut-être mais il sera toujours aussi sombre. Je suis désolée mais ce que j'ai vu ne peut pas être modifié. Même si vous tentez des choses, même si des gens interviennent. Il y aura de la tristesse et des ténèbres.

— Il y a déjà de la tristesse autour de moi.

Aya haussa les épaules.

— Vous voyez...

Elles furent interrompues par l'arrivée de quatre personnes. Sonia reconnut le look imparable de Rose, accompagnée de Marie, Fabien et Marc. Tous s'arrêtèrent près du pentacle. Sonia alla à leur rencontre tandis qu'Aya continuait ses préparatifs. Près des bougies, elle disposa des herbes aromatiques et plusieurs pierres d'un rose vif. La psychologue salua le quatuor et demanda à Rose comment elle se sentait. La jeune fille lui répondit qu'elle était nerveuse et épuisée par ses nuits sans sommeil mais confiante dans l'exorcisme proposé. Damien arriva quelques minutes après et discuta avec Marie. Les deux garçons ne parlaient pas beaucoup et regardaient leurs pieds. Finalement ils demandèrent à Aya s'ils pouvaient l'aider. Elle leur donna quelques missions. Il fallut une bonne heure pour que tout soit en place. L'air se refroidissait dans l'entrepôt, une légère bise soufflait.

— Je suis prête, déclara Aya. Ecoutez-moi bien. Une fois rentrés dans le cercle et le rituel commencé, vous ne devez en sortir sous aucun prétexte. Vous aurez peur, vous aurez envie de vous enfuir mais surtout ne le faites pas. Pour cela, vous devez vous penser en tant que groupe. Vous allez tous vous prendre la main et ne jamais la lâcher. Vous êtes hantés par des échos, des demi-esprits qui devaient encore traîner dans la maison. Je vais les piéger et les renvoyer là d'où ils viennent. Aussi simple que cela. Vous me comprenez bien ?

Rose, Marie, Fabien et Marc acquiescèrent en chœur.

— Vous n'aurez rien à faire d'autre que de vous tenir au centre du pentacle. Pendant ce temps, je réciterai des formules pour bannir les esprits. Sonia et Damien, vous allez m'aider. C'est très simple aussi pour vous : vous répétez la phrase que je vais vous donner et en aucun cas vous n'entrez dans le cercle. Compris ?

— Oui, dit Sonia.

— Très bien, répondit Damien.

Aya s'approcha des deux adultes, une feuille à la main. Sur le bout de papier était écrite une formule magique d'une fine écriture d'écolière. *Iä Iä estebaras ikneth abes*. La médium s'assura que Damien et Sonia prononcent correctement la phrase et les plaça en dehors du cercle. Elle demanda aux jeunes d'y rentrer, de se mettre au centre, dos à dos et se tenir les mains. Ils s'exécutèrent sans protester.

— A partir de maintenant vous ne sortez pas du cercle, leur rappela Aya. Et vous, n'y entrez pas! ajouta-t-elle pour Sonia et Damien. Je vais commencer. Sonia, Damien, allez-y, récitez la formule, récitez-la jusqu'à la fin de l'exorcisme.

Mettez-y votre cœur, votre rage, bref, toutes vos émotions.

— Iä Iä estebaras ikneth abes. Iä Iä estebaras ikneth abes, récitèrent Damien et Sonia.

Aya se plaça près d'un des cierges, à l'intérieur du cercle de sel. Elle se mit à psalmodier dans une langue inconnue. Ses grands yeux roulaient dans leurs orbites. Elle se mit à se déplacer étrangement, d'une bougie à l'autre, presqu'en dansant. Sa voix passait des graves aux aiguës en une fraction de seconde.

— Iä Iä estebaras ikneth abes, dit-elle à son tour. Anes ete okpo ! Anez ete ishaïm !

A ce moment, un grand coup de vent éteignit les cierges qui se rallumèrent aussitôt. Sonia et Damien sentirent des présences dans leur dos mais ne se retournèrent pas, gardant les yeux braqués sur le centre du pentacle où les jeunes avaient l'air terrifiés. Puis Sonia vit du coin de l'œil des ombres gigantesques se mouvoir. Plus noires que la nuit environnante, de grandes silhouettes filiformes entrèrent dans le cercle. Aya continuait à bouger dans tous les sens tout en récitant ses formules. En tout, six ombres avaient fait leur apparition et se tenaient maintenant immobiles, formant un cercle autour de Rose, Marie, Fabien et Marc. Sonia vit que Rose avait les yeux grands ouverts de terreur tandis que les autres les avaient fermés et grimaçaient. L'air était maintenant glacé. De la buée sortait de toutes les bouches. Du gel se cristallisait sur le bout des tresses d'Aya. Mais celle-ci continuait sa sarabande. Soudain elle se tut, prit une grande aspiration et hurla. Son cri fut si puissant et si aiguë que les rares vitres de l'entrepôt se brisèrent. Damien et Sonia continuaient avec peine leur litanie. Les ombres se figèrent un instant, se transformèrent en glace et se brisèrent en mille morceaux. L'atmosphère se réchauffa instantanément. Aya fit signe à Damien et Sonia d'arrêter et s'approcha du centre du pentacle. Elle tapa sur les épaules des garçons et de Marie qui rouvrirent les yeux.

— C'est fini. Tout est fini maintenant. Ouvrez les yeux. Vous pouvez lâcher vos mains et sortir du cercle. Elles sont parties et ne reviendront plus.

Quelques minutes plus tard, les jeunes avaient quitté les lieux. Damien et Sonia aidèrent Aya à ranger son matériel et à effacer les traces de leur passage. L'air était plus sain bien que frais. Sonia remercia la jeune fille et lui serra la main, ressentant encore une fois des picotements sous son gant. Aya lui adressa un sourire désolé.

Quand la psychologue se fut couchée, elle resta alerte presqu'une heure, espérant recevoir la visite de sa fille. Mais Johanna ne se montra pas cette nuit-là.

CHAPITRE 36

— Comment te sens-tu ? demanda Ambrosia. Ces quelques jours de purification nous ont fait du bien, non ?

— Oui même si le jeûne a été difficile au début, répondit Johanna.

Elles étaient assises dans la clairière artificielle, pieds nus dans l'herbe douce. Au-dessus d'elle de fausses étoiles brillaient et se reflétaient sur l'eau noire de l'étang. L'heure du rituel approchait.

— Maintenant que cette première phase de préparation est terminée, passons à la seconde. Il nous faut rassembler plusieurs ingrédients et apprendre les formules consacrées. Pour les herbes et les potions, j'ai tout ce qu'il faut. Mes prêtresses ont fait du bon travail. A nous maintenant d'apprendre les Rites Jumeaux : les paroles et les gestes à accomplir. Nous allons tracer quatre pentacles entrecroisés et au centre de cet enchevêtrement, nous placerons le Miroir de Tetlös. Tu en verras une face, j'en verrai l'autre. Ensuite, nous nous dédoublerons. Quatre sorcières sur quatre pentacles. Et nous ferons exactement les mêmes choses en même temps. Pour qui possède l'ubiquité, ce n'est pas très difficile à réaliser. Maintenant, il est l'heure de se plonger dans nos grimoires !

Ambrosia semblait guillerette, ce que Johanna n'avait jamais vu. La sorcière pouvait se montrer aimable voire bienveillante mais elle ne semblait jamais heureuse. La perspective des Rites Jumeaux devait l'exciter.

— Tu sais, la vie d'une sorcière n'est pas de tout repos. D'autant plus pour une vieille sorcière comme moi. Il faut sans cesse repousser ses limites, acquérir toujours plus de pouvoir et de connaissances. Plus tu en as, plus tu obtiens de réponses, plus tu te poses de nouvelles questions. Si j'en suis là aujourd'hui, c'est parce que je ne me suis jamais reposée sur mes lauriers. J'ai toujours cherché en savoir plus. La connaissance, Johanna, c'est une des clés. C'est comme une drogue... Oh mais j'entends que ça fourmille dans ta tête ! Tu as beaucoup de questions à me poser. Je peux t'en accorder une. Dis-moi.

— Vous avez quel âge ? demanda timidement Johanna.

— Je suis née au milieu du Xème siècle. J'ai rapidement développé des dons de télékinésie et mon géniteur a voulu me noyer. Heureusement, une sorcière m'a recueillie et m'a élevée. Tu ne t'imaginais pas ça, n'est-ce pas ? Que je puisse avoir été moi-même l'élève d'une autre ? Pourtant ce fut le cas quelques années. Puis nos chemins se sont séparés.

— Que s'est-il passé ?

— Je l'ai bannie dans un royaume lointain, aux confins d'une dimension glacée. Je devais avoir ton âge à l'époque. J'étais une jeune fille ambitieuse et je voulais en savoir toujours plus. Quand elle s'est mise en travers de ma route, je n'ai pas eu le choix. Je ne te demande pas de comprendre, Johanna. Ce qui est fait est fait. Il faut parfois faire des sacrifices et surtout ne pas se laisser faire. Ensuite, j'ai pris mon grimoire et je suis partie. J'ai beaucoup voyagé et j'ai beaucoup appris. Vois maintenant où j'en suis.

— Est-ce que je deviendrai comme vous un jour?

— Oh certainement… Maintenant au travail. Viens avec moi.

Ambrosia se leva et Johanna crut de nouveau apercevoir une tache sombre sur ses jambes. Elle la suivit jusqu'à une pièce remplie de livres. Elle n'avait jamais vu cette bibliothèque magnifiquement décorée et éclairée de grandes fenêtres par lesquelles entrait un soleil radieux. Plusieurs prêtresses parcouraient les rayonnages, déplaçant et replaçant des ouvrages. Il y avait plusieurs bureaux dans la salle et tous étaient vides. Johanna se demanda à quoi ils pouvaient servir. Ambrosia n'était pas du genre à accueillir des étudiants en magie. La sorcière l'accompagna jusqu'à une grande table de bois et l'installa sur une chaise. Elle tapa deux fois dans ses mains et une prêtresse surgit à ses côtés, tenant une liasse de papiers dans ses bras. Elle les déposa devant Johanna.

— Voici tout ce que tu dois apprendre pour le rituel, dit Ambrosia. Jusqu'à ce que tu sois prête, ce sera ta seule tâche. Je suis sûre que tu t'en montreras à la hauteur... Je te laisse, les prêtresses te ramèneront dans ta chambre plus tard.

Johanna se pencha sur les feuillets. Ils contenaient des gravures anciennes représentant les Rites Jumeaux. Il y avait une danse rituelle à reproduire ainsi que de nombreuses formules magiques. La jeune fille allait devoir tout apprendre par cœur. Elle s'y mit aussitôt.

Après des heures de lecture, une prêtresse la couchait. Johanna avait souvent mal à la tête et aux yeux à force de lire mais elle ne se plaignait pas. Elle prenait sa mission à cœur. Ambrosia s'ouvrait à elle, manifestait une sorte d'affection, ce n'était pas le moment de la décevoir. L'adolescente ne sut pas combien de temps cela lui prit, combien de jours ou de semaines s'écoulèrent mais un soir, dans son lit, elle comprit qu'elle avait réussi. Elle se récita le rituel entier dans sa tête sans hésitation. Elle décida cependant que ce n'était que le début, elle le lirait autant de fois que nécessaire. Il n'y aurait pas de répétition, elle se lancerait sans filet et n'osait pas imaginer dans quel état se mettrait Ambrosia si elle se trompait sur un geste ou une parole. A cette idée, elle fut prise d'une peur panique. Et si le jour j, elle n'y arrivait pas ? Si jamais elle oubliait un mot ? Johanna sentit une boule se former dans son ventre et un poids se poser sur ses épaules. La prêtresse debout près du lit ne broncha même pas. Pourtant elle devait bien sentir ce qu'il se passait ! Johanna sentit sa respiration devenir plus lourde et plus forte. Elle se roula en boule sous sa couverture et des larmes lui montèrent aux yeux. Son ventre et son dos lui faisaient mal, tous ses muscles étaient tendus. Dans sa tête tournaient des formules magiques sans queue ni tête. La crise d'angoisse dura un temps infini, jusqu'à ce que la jeune fille tombe de sommeil.

Quand la prêtresse la réveilla, Johanna souffrait d'une migraine. Elle se leva malgré tout, prit un frugal petit-déjeuner et fut menée à la bibliothèque. La lumière lui fit mal aux yeux. Johanna s'installa à son bureau, reprit ses feuilles et les lut pour la millième fois.

CHAPITRE 37

Sonia s'installa devant l'ordinateur et se servit un whisky. A ses pieds, Chanel tournait en rond et se frottait à ses jambes. Elle laissa la petite chatte monter sur ses genoux. La psychologue alluma la machine, vérifia la caméra et appela Jean sur Skype. Celui-ci décrocha aussitôt. Ils se sourirent et se saluèrent. Ils trinquèrent à distance et en rirent. Sonia lui raconta l'exorcisme auquel elle avait assisté.

— Je pense que Damien s'est fait une nouvelle amie avec cette Aya. Elle est talentueuse et je pense qu'ils peuvent s'échanger de la clientèle. Tu sais, je suis plutôt contente pour lui. Il a l'air épanoui depuis qu'il est devenu privé.

— Oui, tu as raison. Je pense qu'il lui manque tout de même une copine… Il a mis sa carrière de séducteur entre parenthèses on dirait.

— Et toi, ta carrière amoureuse ?

— Oh tu sais… Je crois que je vais faire une grosse parenthèse aussi. J'ai d'autres choses sur lesquelles me concentrer en ce moment. Les journées sont longues, je n'ai pas de temps à moi et quand je rentre, je suis crevé. La vie à Paris, quoi… Je me sens plutôt bien ici. Et on en a déjà parlé mais ça serait mieux si tu étais là.

— Ne remets pas ça sur le tapis, s'il-te-plaît. Je ne me vois pas du tout dans une ville comme Paris. Ici, c'est déjà assez grand mais ça reste à taille humaine. Je connais cette ville par cœur maintenant et elle me va bien. Il me manque juste…

— Je sais, ma belle, je sais.

— J'ai peur, tu sais. Si jamais Johanna ne revenait pas vers moi ? Ambrosia pourrait réaliser son rituel et nous n'en saurons jamais rien. Et si jamais le piège pour Johanna fonctionne mais que je n'arrive pas à la convaincre ? Je n'arrivais déjà pas beaucoup à lui parler alors… Et ma fille a cinq ans, pas quinze ! C'est Johanna sans être Johanna. Nos retrouvailles m'ont laissé un goût amer. Qu'est-ce que je fais si elle veut retourner auprès d'Ambrosia ? Je la laisse faire ? Comment je l'en empêche ?

— Je suis désolé mais je ne sais pas. Tu es dans une situation impossible, Sonia. Je voudrais t'aider mais toi seule saura ce qu'il faut faire le moment venu. Et je suis certain que tu trouveras les bons mots.

— Je ne peux pas imaginer cette sorcière dans le corps de ma fille. Voir Johanna devenir cette femme… Rien que l'idée me file la nausée. Tu crois que parce que je suis sa mère je peux la convaincre ? Ça suffira ? Je me pose tellement de questions, Jean. Est-ce que j'ai été une bonne mère… ce genre de choses. Et puis j'ai tellement l'impression de subir tout ce qu'il se passe sans pouvoir rien y faire depuis des mois ! Je me sens impuissante !

— Mais là, tu vas agir. Le piège va fonctionner, tu vas parler à ta fille et lui dire de rentrer à la maison. Tu vas contrer les plans d'Ambrosia. Tu veux que je te fasse un discours de motivation ?

— T'es con, rit Sonia en prenant une gorgée de whisky.

— Plus sérieusement, j'aimerais être là avec toi, tu sais.

— Tu te souviens quand elle est née ? demanda Sonia soudainement. Tu es venu à la maternité le premier. Franck était là. Vous vous êtes à peine parlé, je me rappelle... De toute façon, t'as jamais pu le sentir, alors...

— Et j'avais raison.

— Elle pleurait beaucoup et quand tu l'as prise dans tes bras, elle s'est tue. Elle s'est rendormie presque aussitôt.

— Oui, c'était particulier. Moi je me rappelle surtout qu'elle est née avec beaucoup de cheveux... et Sonia ? Tu pleures ?

La jeune femme s'essuya les yeux.

— Oh je pleure tellement que je me demande comment je peux encore produire des larmes. J'ai perdu Johanna. Tu étais là au cimetière, tu as vu ce qu'elle m'a fait. Mais je l'avais déjà perdue quand elle est partie avec la Déesse Hibou. Voilà la vérité. Et maintenant on découvre qu'elle est l'avenir d'Ambrosia. Elle va mourir, tout en servant cette monstruosité. On parle de la réincarnation d'Ambrosia mais cela signifie la mort de Johanna.

— Non, tu peux encore l'en empêcher.

— Jean, si je n'y arrive pas. Que nous reste-t-il à faire ? Réfléchis-y cinq minutes.

— Sonia…

— Je sais, Jean, tu n'as pas envie d'entendre tout ça. Mais merde. Depuis des mois, on est entouré par la mort à cause d'Ambrosia. C'est ce qu'elle sème là où elle passe. Elle s'en nourrit. Tous ces meurtres, Martine Sanoise, Mélanie Trésor, Nathalie… Et maintenant Johanna. Elle ne s'arrêtera jamais ! Si on la laisse prendre le corps de ma fille, alors elle ne s'arrêtera jamais ! Elle vivra de nouveau des siècles, puis elle se réincarnera de nouveau et ainsi de suite. Et plus qu'une sorcière, elle deviendra une déesse invincible. Qui sait ce qu'elle nous réserve ? Oh putain, j'ai tellement peur de tout ça, Jean !

— Sonia, calme-toi d'accord ? Je comprends, je te promets, je comprends.

— Non, tu ne veux pas comprendre la vérité, Jean. La vérité c'est que... Johanna va mourir. Soit pendant le rituel... soit avant.

— Que veux-tu dire ?

— Tu sais ce que je veux dire. J'avoue, j'y ai pensé et ça me fait mal, terriblement mal. Mais pour empêcher Ambrosia de se réincarner, j'ai deux solutions : convaincre Johanna ou...

— Tu n'y penses pas ! Dit Jean, horrifié.

— Je ne veux pas y penser mais l'idée a germé et... Mon Dieu... Je suis sûre qu'Alicia et Brigitte Chalmet y ont aussi pensé. Elles sont bien plus cyniques que nous. Et elles ont raison. Tu comprends maintenant ? Tu comprends ce à quoi je dois me préparer ? Et j'ai peur, Jean, j'ai tellement peur. Je ne sais pas si je pourrais y arriver. Je ne sais pas de quoi je serai capable. Je suis terrifiée.

Jean eut du mal à réconforter son amie. A des centaines de kilomètres, il ne pouvait pas faire grand-chose pour l'aider. Tant bien que mal, il essaya de la rassurer, de lui insuffler des ondes positives mais bien que ses larmes finirent par se tarir, Sonia était au plus mal.

CHAPITRE 38

Le lendemain soir, Sonia poussa tous les meubles du salon pour faire de la place au centre de la pièce. Elle vérifia l'heure puis s'allongea sur le parquet. Chanel, curieuse, décida de lui grimper sur le ventre et s'y installa pour une sieste. Sonia la fit déguerpir et l'animal se cacha sous le canapé. Elle prit un couteau bien aiguisé et s'entailla la paume de la main gauche en grimaçant. Puis la main en l'air, elle traça trois cercles dans un sens, trois cercles dans l'autre. A ce moment, elle fut prise de frissons. Elle se mit à trembler pendant quelques secondes puis elle la sentit. Une autre présence dans sa tête.

— N'ayez pas peur, dit Brigitte Chalmet. C'est bien moi.

— La sensation est étrange. Deux personnes dans mon corps, c'est perturbant.

— Je vous avais prévenue. La première chose que nous allons faire c'est aller dans votre salle de bain vous bander la main. Je vous laisse faire, allez-y.

Sonia se leva maladroitement puis suivit les instructions de la sorcière. La blessure lui faisait mal. Elle la désinfecta et posa un bandage. Elle se regarda dans le miroir, prête à découvrir le visage de Brigitte Chalmet mais ce fut bien le sien qui apparut.

— Maintenant, je vais prendre les rênes. Ne résistez pas, ne tentez pas de bouger votre corps, je m'en occupe à présent. Je vais installer le piège magique pour Johanna. Cela va me prendre un peu de temps, j'en suis désolée.

— Faites ce que vous avez à faire.

Au début, le corps de Sonia eut du mal à se mouvoir. La jeune femme fit ce qu'elle put mais il était difficile d'accepter que quelqu'un d'autre partage son propre corps. Il fallut une vingtaine de minutes pour que Brigitte Chalmet puisse enfin prendre le contrôle. Elle dirigea ensuite le corps de Sonia dans sa chambre. Elle s'arrêta devant chaque mur, traça en l'air des signes cabalistiques en récitant des formules. Elle fit de même dans chaque pièce du petit appartement.

— Voilà qui est fait, dit-elle fièrement. Maintenant, avez-vous acheté les herbes que je vous avais demandées ?

— Oui, elles sont dans le sac, sur le comptoir de la cuisine.

— Allons-y.

Dans un bol, Sonia-Brigitte mélangea plusieurs herbes aromatiques, les coupant, les écrasant, les mâchant avant de les recracher jusqu'à former une petite pâte verte dont elle se badigeonna le bout de ses doigts, après avoir ôté le gant de la main droite. Elle se plaça ensuite dans le centre du salon, joignit ses mains et se mit à chanter en une langue inconnue. Sonia, prisonnière dans son esprit, cohabitait avec celui de Brigitte Chalmet. Elle voyait toute la scène à travers ses yeux mais avec un léger décalage, comme si une autre personne prenait un peu de place. La sensation était déroutante. Brigitte chanta avec la voix de Sonia presqu'une demi-heure. La jeune femme sentait de la tension dans tout son corps et de la sueur lui couler le long du dos. L'air devenait chaud dans la pièce. Puis sa voix mourut et l'atmosphère fut plus respirable.

— J'ai terminé, dit Brigitte.

— Que va-t-il se passer maintenant ?

— Quand vous sentirez Johanna venir, appelez-la. Retenez-la. Le piège que j'ai tendu va attraper son double astral. Elle sera prise de panique et se matérialisera. Et là, ce sera à vous de jouer.

— Brigitte ? Si je n'arrive pas à la convaincre, que se passera-t-il ?

— Son esprit sera détruit par Ambrosia qui prendra place dans son corps.

— Et Ambrosia ? Que fera-t-elle par la suite ?

— Elle continuera sa quête de pouvoir. Elle continuera de créer des cultes à sa gloire dans ce monde et dans les autres. Jusqu'à ce qu'elle acquiert la toute-puissance.

— Pourquoi d'autres sorcières ne se sont jamais élevées contre elle ?

— Parce que nous ne sommes pas un groupe unitaire. Nous vivons chacune nos propres vies. Il n'existe pas de coven ou d'assemblée. Elle a su en tirer profit et a accumulé bien trop de pouvoirs. Même moi, je ne peux lui faire face, vous l'avez bien vu.

— Il y a peu de chances que je réussisse, pas vrai?

— Je ne peux pas vous dire Sonia. Ce qui vous lie à votre fille n'appartient qu'à vous. Je ne sais pas à quel point elle est devenue loyale envers Ambrosia.

— Si, vous le savez mais vous n'osez pas me le dire. Mais vous savez aussi qu'il existe une autre issue...

— Oui. Et je suis désolée que cette terrible décision vous revienne.

— Je ne sais pas si je pourrais...

— Sonia, si Ambrosia réussit son rituel, elle commencera un nouveau règne et vous savez de quoi elle est capable. Je suis vraiment désolée que tout repose ainsi sur vous. Je n'ai pas de conseil à vous donner. Vous trouverez au fond de vous-même soit de quoi convaincre Johanna, soit de quoi arrêter Ambrosia.

Brigitte quitta ensuite son corps et Sonia se retrouva seule. Elle perdit un instant l'équilibre en retrouvant toutes ses facultés et manqua de tomber. Chanel sortit de sous le canapé et vint se frotter contre ses jambes. Sonia caressa l'animal puis se posta à la fenêtre de la cuisine pour fumer une cigarette, et une deuxième. Elle prit ensuite une douche avant de ranger le salon. Une fois les meubles remis en place, elle s'installa devant la télé. Il fallait qu'elle occupe son esprit pour ne pas penser au pire. Elle n'avait pas sommeil malgré l'heure tardive. Les paroles de Brigitte et surtout la prédiction d'Aya ne cessaient de tourner dans sa tête.

Au bout d'une heure, zappant de chaîne en chaîne, Sonia finit par éteindre la télévision. Elle allait se coucher quand elle sentit un changement dans l'atmosphère. Elle essaya de faire le vide dans sa tête, de se concentrer sur ses sensations.

A la lisière de sa conscience, elle la sentit.

Johanna était là.

CHAPITRE 39

La jeune fille avait refermé la porte et s'était glissé dans la clairière. Après avoir travaillé des heures et des heures sur le rituel, elle estimait avoir le droit à une petite récréation. Johanna s'assit en tailleur dans l'herbe et fit le vide. Elle se laissa aspirer vers les étoiles et partit en voyage astral. Son double se promena au plafond de sa chambre un moment puis se laissa porter dans le salon. Elle vit sa mère vêtue d'un pyjama debout près du canapé, comme si elle attendait quelque chose. L'atmosphère était étrange. Quelque chose n'allait pas.

— Johanna ? dit sa mère.

L'adolescente frissonna. Sonia la trouvait de plus en plus facilement.

— Johanna ? répéta-t-elle. Je sais que tu es là. Peux-tu te montrer ? Il faut que nous parlions toi et moi. Il faut que je te dise certaines choses et que tu m'écoutes.

Les frissons se firent plus forts. Johanna n'avait jamais ressenti cela. Elle essaya de retourner dans son corps mais son double astral était comme englué dans l'air. Elle se débattit tant qu'elle put mais impossible de sortir de l'appartement. Terrifiée, elle ne contrôlait plus rien. Elle s'épuisait à bouger dans tous les sens puis finalement se laissa glisser au sol. Dans la panique, elle se matérialisa face à sa mère.

— Johanna ! dit celle-ci.

— Maman… Que se passe-t-il ici ? Qu'est-ce que tu as fait ?

— Ecoute-moi Johanna, je t'en prie. Ton double est prisonnier ici pour l'instant mais…

— Prisonnier ? Comment as-tu osé ?! cria Johanna.

— Ecoute-moi. Ambrosia t'a-t-elle parlé des Rites Jumeaux ?

— Oui mais que… libère-moi maintenant !

— Elle t'a dit ce qu'il adviendrait de toi, une fois le rituel réalisé ? Elle te l'a dit ? Qu'elle prendrait ta place dans ton corps ?

— Quoi ?! Tu mens ! Tu racontes n'importe quoi ! Les Rites Jumeaux sont censés nous donner plus de pouvoirs, à moi comme à elle. Ils vont nous lier pour l'éternité.

— C'est ce qu'elle a dit ? Elle t'a menti Johanna ! Crois-moi. Je te dis la vérité. Cette sorcière ment. Elle t'a menti aussi pour Nathalie. Tu ne peux pas lui faire confiance. Elle se sert de toi.

— Tu dis des mensonges. Elle m'apprend à devenir une vraie sorcière. Elle m'a prise à cause de ma puissance. Elle sait ce que je suis, ce que je vaux. Laisse-moi repartir maintenant.

Sonia s'approcha de sa fille et l'attrapa par le poignet. Elle voulut la serrer contre elle mais la jeune fille ne se laissa pas faire. Presque aussi grande que sa mère, elle battit des bras et la repoussa. Sonia perdit l'équilibre et tomba sur le canapé. Johanna fulminait.

— Tu n'aurais pas dû t'attaquer à nous !

— Johanna, pourquoi te mentirais-je ? implora Sonia.

— Pour que je revienne. Mais tu ne comprends pas. Je ne veux pas rentrer. Ma place n'est plus ici, elle est avec elle. Maintenant libère moi ou sinon…

Sonia se releva et s'écarta à temps pour voir la table du salon s'écraser sur le canapé. Le visage de Johanna était devenu rouge, ses yeux étaient grands ouverts.

— Johanna… murmura Sonia, sidérée d'être attaquée par sa propre fille.

— Libère moi ! hurla cette dernière.

Un vase s'envola et vint frapper Sonia dans l'épaule gauche. Elle retint un cri de douleur. Puis ce fut un bloc-notes. Un verre posé sur le comptoir de la cuisine. Johanna lui envoyait tout ce qui lui tombait sous la main. Sonia se protégeait tant bien que mal de la pluie d'objets.

— Libère moi ! Libère moi ! vociférait la jeune sorcière, en rage.

Prenant son courage à deux mains, Sonia tenta de s'approcher de sa fille.

— Ambrosia ! cria Johanna. Ambrosia !

Sonia se jeta sur Johanna et la plaqua au sol. Écrasée par le poids de sa mère, l'adolescente eut le souffle coupé. Quelques secondes suffirent à ce que tous les objets volants dans la pièce retombent sur le sol dans un vacarme. Devant les yeux ébahis de Sonia, un portail lumineux s'ouvrit et Ambrosia fit son apparition.

CHAPITRE 40

Vêtue d'une longue robe de lin noire, couvrant tout son corps, les cheveux blonds tombant jusqu'à terre, Ambrosia fit face à Sonia. Ses yeux étaient entièrement noirs, son visage transpirait la colère et affichait un rictus mauvais. Sonia se dégagea légèrement de sa fille pour la laisser respirer mais maintint la pression. Ambrosia la dominait de toute sa hauteur.

— Que se passe-t-il ici ? clama-t-elle d'une voix de stentor.

— Ambrosia… dit Johanna en tendant une main vers elle.

Sonia se mit à paniquer. Son regard fouilla la pièce à la recherche du moindre objet pouvant lui être utile. Ses yeux tombèrent sur le couteau avec lequel elle s'était entaillée la main gauche. Sans réfléchir, elle l'attrapa et se releva. Dès que sa fille en fit autant, elle la prit et la serra contre elle, positionnant la lame du couteau contre sa gorge. A son tour apeurée, Johanna n'osa plus faire le moindre geste. Les yeux d'Ambrosia jetaient des éclairs.

— Dites-lui, Ambrosia, dites-lui pour les Rites Jumeaux ! ordonna Sonia.

— Oh bien sûr ! répondit la sorcière. Et que pensez-vous qu'il se passera alors ? Johanna est à moi !

— C'est vrai ? demanda Johanna. Vous voulez mon corps ?

— Me fais-tu confiance Johanna ? Ou préfères-tu croire ce que raconte cette femme ? Qu'a-t-elle fait pour toi à part vouloir te brider ? Alors que moi je t'ai laissé explorer toute ta puissance ? Je t'ai offert une nouvelle vie, Johanna.

Sonia retenait fermement sa fille contre elle et maintenait la pression du couteau contre son cou. Tenir sa propre fille en otage, voilà qui devenait complètement fou. L'esprit de Sonia vacilla un instant. Elle savait comment tout arrêter mais passer à l'acte relevait de la folie. Néanmoins, elle se ressaisit et resserra sa prise.

— Ambrosia, ne me laissez pas, se mit à sangloter Johanna. Sauvez-moi.

En entendant ces mots, le cœur de Sonia s'arrêta. Aya lui avait prédit une grande tristesse. Elle fut distraite une seconde, une seconde pendant laquelle Johanna se débattit et s'échappa. Sonia la retint par le poignet et la ramena contre elle, la jeune fille vint alors s'empaler sur le couteau que tenait toujours Sonia. Les deux femmes firent chacune un pas en arrière. Johanna regarda le couteau planté dans son corps puis leva les yeux vers sa mère, surprise. Sonia était tétanisée. L'adolescente se tourna alors vers Ambrosia puis s'effondra. Johanna hoqueta, ses yeux se révulsèrent dans un dernier souffle. La raison de Sonia s'en fut définitivement. Aya avait promis les ténèbres.

— Non ! hurla Ambrosia.

De la fumée lui sortit par les narines, sa bouche s'ouvrit sur des rangées de dents monstrueuses, ses yeux étaient plus noirs que jamais. Elle n'avait plus du tout l'apparence de la belle et grande femme blonde. Son visage était devenu hideux. Elle pointa ses index sur Sonia qui porta ses mains à sa gorge. Elle n'arrivait plus à respirer. La jeune femme voulut crier mais aucun son ne put sortir. Elle sentit sa gorge se serrer toujours plus, la douleur était insoutenable. Elle se mit à griffer son cou. Ambrosia lui faisait toujours plus mal. Puis ce fut la délivrance. La jeune femme ouvrit grand les yeux et cessa de respirer. Son corps tomba près de sa fille.

La sorcière resta un instant immobile. Elle reprit lentement son apparence initiale, se forçant à sa calmer. Elle s'approcha des deux corps. Le visage de Sonia était encore rouge et son cou griffé saignait. Près d'elle, le corps de Johanna reposait, le couteau toujours planté dans le flanc, une mare de sang s'était formée sous lui. Ambrosia fixa les cadavres un instant puis prit celui de Johanna dans ses bras. Derrière elle, un nouveau portail de lumière apparut. Elle le traversa et disparut.

Quelques instants plus tard, Chanel sortit de la chambre de Sonia où elle s'était réfugiée. Elle s'approcha du corps de sa maîtresse, le renifla et lui lécha la joue. Elle se roula en boule contre elle en ronronnant.

EPILOGUE

Il faisait froid mais le soleil brillait ce jour-là. Ils n'étaient pas beaucoup à être venus. Ses collègues, ses parents, son ex-mari et ses amis. Le petit groupe se tenait prêt dans le jardin du souvenir du cimetière d'Aurac. Un homme d'une cinquantaine d'années, dépêché par les pompes funèbres et vêtu d'un élégant costume noir, tenait l'urne dans ses grandes mains. Jean, épaulé par Damien afin de ne pas tomber, prit une feuille de papier qu'il avait dans sa poche.

— Sonia, il y aurait tellement de choses à dire... J'ai essayé de t'écrire, de mettre sur papier tout ce que je n'ai pas eu le temps de te confier. Je n'ai pas réussi. Parce que les mots sont vains pour traduire ce que je ressens aujourd'hui. Parce que tu n'es plus là... que Johanna n'est plus là. Vous étiez mes rayons de soleil, ma famille. Vous me manquez tellement. Nos rires, nos engueulades, nos excès, nos combats...

Comment accepter que tout cela appartient maintenant au passé ? Comment accepter que plus jamais je ne vous reverrai ?

L'oraison funèbre dura quelques minutes, entrecoupée de multiples sanglots. Puis l'homme en noir dispersa les cendres auprès d'un petit saule pleureur. On entendait des sanglots, des murmures. Quelques oiseaux chantaient.

Après la cérémonie, le petit groupe se retrouva dans une allée du cimetière. Jean, inconsolable, pleurait dans les bras de Damien. Alicia avait les yeux rougis et elle ne cessait de tordre ses mains gantées de noir. Brigitte Chalmet, appuyée sur sa canne, avait le visage fermé.

— Suivez-moi.

Ils retournèrent près du saule pleureur. La sorcière les invita à former un cercle autour de l'arbre. Ils se tinrent la main, comme pendant une nuit lointaine dans les Pyrénées. Brigitte Chalmet récita une courte prière puis leur demanda d'ouvrir les yeux. Au pied du saule, des

fleurs sortaient de terre. Roses, œillets, iris...
Alors un timide sourire éclaira leurs visages.

Table des matières